わが青春

戦場と日常と

篠田増雄

本の泉社

わが青春

戦場と日常と

篠田増雄 著

本の泉社

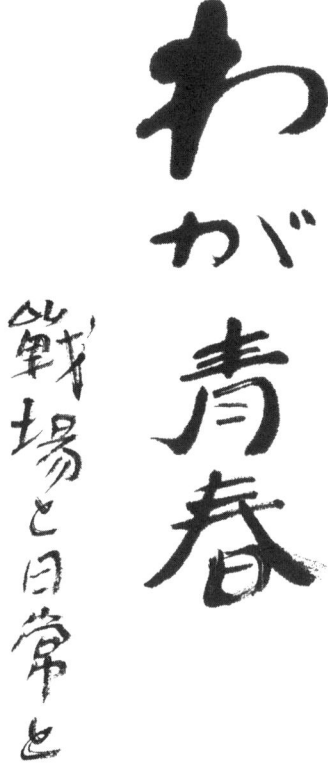

自著出版に当たって

篠田増雄　九五歳

自己出版の由来を細かく述べたらきりがない。人それぞれであろう。唯、歴史的に自分がどんな位置を示したか位を記して於いても悪くはないと思ったからだ。要は後に続く者が先祖にどんな人物が存在し、どんな事を残したかがかんたんに判るような存在が必要と思うからである。暇な人でないとなかなか出来ない相談でもあろう。

私は九五歳の年輪を重ねたのを卜《ぼく》として誰でも判るような著作をし二〇世紀、二一世紀に生きた軌跡をしるしいささかでも役に立てばと思うからである。自分で筆を執り自在に思いついたことを述べることは現在の自分に在っては喜びでもあるからだ。

南十字星の下で

「ジャワ」の極樂「ビルマ」の地獄いきて帰れぬ「ニューギニア」敗戦前、内地でひそかにささやかれたと仄聞した。勿論戦場に在った吾々にはしる由もなかった。

戦後六九年を経ていまでも宴会などで耳にする。

まるで戦陣に立った人が詠んだと思はれる程、当を得た表現である。

実は私も「ニューギニア」戦線から帰還した中の一人である。

そして宇都宮で編成された部隊の一個師団が「ビルマ」に「ニューギニア」にはなんと二ヶ師団。

（第四一師団河部隊　第五一師団基部隊）地獄と死の国に北関東（栃木、茨城、群馬）の人々が投入された因縁は唯れの計画であったかと思ふと残念至極である。

特に「ニューギニア」二ヶ師団（一ヶ師団の人員は平時には約一万名それが戦時編成時は約二万名となる）合計四万名以上の北関東健児が投入され大方は散華されました。

宇都宮の護国神社境内に「ビルマ」参戦の慰霊碑と「ニューギニア」参戦の慰霊碑があります。

私が永い人生に於いて最も生死の竿頭に立たされた四年間に亘る記憶の限りを述べ後世に残すことを念じ今回九五歳を期し集大成に挑戦しました。

死生を超越した老骨に鞭打ち、手記の集成です。

因みに「ニューギニア」戦線に投入された第一八軍は総員一五万名、終戦時生存者は一万二〇〇〇名です。

二〇一四年九月二〇日　九五歳　篠田増雄

まえがき

慶応義塾大学名誉教授・東郷秀光

医学博士・篠田増雄先生はパプアニューギニアの戦場から陸軍中尉として生還されました。当時の多くの青年と同様に、お国のためになるとは軍隊に入ることだと信じたに違いありません。茂木農学校（現茂木高等学校）を卒業すると日本歯科医専にて学び、前橋陸軍予備士官学校に入学し、卒業しました。

最初はソ連に敵対するための訓練をうけましたが、やがてパプアニューギニアに送られました。パプアニューギニアで体験したことは、戦争とは弾丸に当って死ぬことではなくて、食料や水がなくて死ぬことでした。このことは本書をお読み下さればよく解ります。

戦場では生と死が平気で隣り合っている。死ぬことを誰も不思議だとは思わないのです。むしろ名誉の一部として肯定されていました。それにしても篠田先生が体験した現実は余りにもかけ離れていました。そこで思いは二つに分裂します。お国のためと信じて捧げた青春が日本の領土拡張のための戦争だったとの考えを拒否する思いと、実際に目で見て、味わった戦争の非人間性・不合理との葛藤であります。

篠田先生には『徳不弧』に収録されている句、『出雲路の旅快晴や梨の花』があります。私のかつての感想を引用させて頂きます。「敗戦と同時に作者はオーストラリア軍の捕虜になりましたが、やがて無事に帰国して、今はこうして出雲路を歩いております。空は眩しいばかりに晴れて梨の花が真っ白に咲いております。これからはますます仕事に打ち込み、やがて医学博士の学位を取得する作者は旅をしながら生きる幸せを母校のため、隣人のためにつくそうと決心していたに違いありません。」（『徳不弧』序）

戦争では敵という名前をつけて人を殺しますが、名も知らぬ隣人のために力を尽くすのと、どっちが真っ当でしょうか。戦争はしない、敵と言う名をつけて人を殺すことはしない、こちらは特定グループの信条ではありません。戦争が終り、人を殺さなくとも良い時代が出現したからこそ、まともな心情、「出雲路の旅快晴や梨の花」が前面に出てきたのです。

帰国後、篠田先生は母校の同窓会長として大活躍をなさいます。これから人生を始めようとする青年に向かって、自分が負いたった地域・母校を誇りとして力を出すことを激励しております。

本書の著者と読者は世代が異なり、価値観も同じとは言えないにしても本書から多くを汲み取って欲しいと思います。ここには一つの青春の姿が鮮やかに刻まれているからです。

目次

自著出版に当たって …… 3
まえがき　慶応大学名誉教授東郷秀光 …… 7

一部　私の戦争体験記

栃木県生まれ。一九一九年 三月二日 …… 26
大東亜戦争開戦。一九四一年 一二月八日
繰り上げ卒業。一九四一年 一二月
東部第三六部隊に入営。一九四二年 一月一〇日 …… 27
前橋陸軍予備士官学校に入校（七期）。一九四二年 五月一日
前橋陸軍予備士官学校卒業。一九四二年一〇月 三一日 …… 29

ラバウルに到着。一九四三年一月 …… 32
連隊本部に到着。一九四三年一月一四日
ニューブリテン島北部の道路構築が発令。 …… 34
ラバウル〜ツルブ道構築。一九四三年一月二〇日
七中隊屋代少尉戦死。一九四三年二月二二日 …… 35
作業中止。カバカウルに集合。一九四三年四月上旬 …… 36
巡洋艦夕張、駆逐艦数隻に分乗し、ココボ発。一九四三年五月四日
ツルブ上陸。五月五日未明、
五一師作命甲第一五一を受領、行軍によりブッシングに前進し、到着部隊から逐次大発に
よりラエへ移動。一九四三年五月七日 …… 37
ラエへ到着。サラモアに進出。一九四三年五月一六日ごろ …… 38
五月末、連隊主力、サラモアの「ラブイ」地区に無事集結を完了。

ムボ前面の敵に対する攻撃準備のため、五一師作命甲第四三号を受領。（ウイパリ作戦）
一九四三年 六月一一日……39
攻撃開始。一九四三年六月二〇日〇三〇〇頃……40
第一大隊「マエ」陣地奪取。一九四三年 六月二一日〇七四〇頃……41
「ミネ」陣地も奪取。ウイパリ東北側の「ハナ」陣地に向かい前進。遺棄死体一〇〇、鹵獲品軽機四（弾三〇〇）、自動小銃二八（弾六〇〇）、小銃一一（弾若干）、手榴弾五〇〇発。
損害戦死四二名、負傷一三一名。一九四三年六月二二日
一九〇〇、攻撃中止。一九四三年……42
「ムボ」の警備隊の任務を歩一〇二から継承。陣地強化、敵情偵察。一九四三年六月二五日
ナッソウ湾に米軍上陸。一九四三年六月三〇日……43

ムボの糧秣庫付近で戦闘。一九四三年七月一一日……49
命令によりムボ撤退。一九四三年七月一一日夕方……50
戦闘。一九四三年七月一二日……51
武勇山―猛虎山へ。一九四三年七月一三日……52
カミアタム北方旧海軍陣地に敵侵入。残念坂も占領される。一九四三年八月一六日……56
撤退。「竹の沢」へ。草山―山田山に陣取る。一九四三年八月一八日
師団長が玉砕する決意を訓示。一九四三年八月二四日
ナザブに敵落下傘部隊降下。一九四三年九月五日……57
ラエ防衛のため移動。一九四三年九月六日
ラエへの転進。一九四三年九月八日夜

ラエに到着。〇七〇〇、五一作命甲第一〇二号、転進の強行が発令。(サラワケット超え)
一九四三年九月一四日未明…… 58
大部分がキアリに到着。一九四三年一〇月一四日…… 63
ガリの警備。一九四三年一一〜一二月…… 64
グンビ岬の捜索拠点隊に。一九四三年一二月ごろ
グンビ岬に敵が上陸。…… 66
ホーランジア、アイタペに米軍上陸。一九四四年四月二二日…… 69
森山地区で再編。一九四四年五〜六月、
森山出発。(アイタペの戦い) 一九四四年六月一八日薄暮…… 70

二部—その（一）　戦場にて

二部―その（三）　世情・文明について

二部―その（四）故郷・もてぎ

一部

私の戦争体験記

□体験のまとめ

◯一九一九年（大正八）三月二日、栃木県生まれ。

・九段の日本歯科医専に入学。

◯一九四一年（昭和一六）一二月八日、大東亜戦争開戦。

・真珠湾攻撃に成功したのであの時は鼻息が荒かった。あまりに戦果が良かったので我々も兵隊へ行ったらすぐにアメリカの都市まで行けると思っていた。命が明日まであるかわからなかったが、一二月八日の晩にはまだ神楽坂のビヤホールで同級生と乾杯をしていた。

◯一九四一年（昭和一六）一二月、繰り上げ卒業。

・当時は三月卒業だったが一〇月一〇日に卒業させられた。

・まだ卒業前に学校で兵隊検査を受け甲種合格となった。運動部にいた人はだいたい甲種合格だった。

○一九四二年（昭和一七）一月一〇日、東部第三六部隊に入営。

・幹部候補生要員だった。甲幹と乙幹と幹部候補生の制度があるが、学校の成績がおそらくものをいう。あの当時どこの学校にも陸軍から配属将校が派遣されて軍事教練をしていた。その軍事教練をサボったりした者はもう全然パーで、軍隊で幹部候補生の試験受けても内申書がいっているので兵適になってしまう。

○一九四二年（昭和一七）五月一日、前橋陸軍予備士官学校に入校（七期）。

・甲幹になると相馬が原の前橋陸軍予備士官学校へ行った。

・あの当時、日本の仮想敵というのはロシアだった。だから士官学校の教育とは全部ロシアと戦うための戦闘ばかりで毎日毎日トーチカ攻撃の訓練をしていた。ロシアの軍隊で使う教科書やロシアの兵隊の階級章を毎日頭にいれさせられた。

・一番つらかったのはトーチカ攻撃と毒ガスの訓練。彼らは必ずガスを撒くということで、夏の暑い時に相馬が原で毎日毎日トーチカ攻撃とガスの演習をしていた。なぜつらいかというと、真夏の暑い時に空気を通さないように重いゴムで全身を覆わなければならなかったから。夏の暑い時にあれを着て一時間も銃を持ってそこらを歩いたら頭がおかしくなる。
・毒ガスには空気に流れるものと、びらん性といって敵が進んでくるようになった場合にあらかじめ予想した場所へ撒くものがある。それに触ると衣服がボロボロに溶けてしまい、皮膚まで火傷してしまう。その撒毒地帯へ特に訓練したガス兵がさらし粉を背負ってそこに撒く。さらし粉を撒くと全体が制毒される。そういう訓練ばかりしていた。それをやらないととても敵の陣地に進めない。
・窒息性やくしゃみ性のガスは噴射機で空気中へ噴射する。すると風の向きによってはこっちへ来る。吸いこんだらもうたまらない。
・ガスマスクをつけていれば戦にならないので、ガスを排除するガス班を特別に訓練する。その将校は制毒地帯やガスの散布地帯の発見を、一番先にたってやらないといけない。
・ガスの実験室を各兵営のすみのほうに作り、一〇〇〇倍ぐらいに薄めたガスを中にいれていろいろな実験をしていた。はじめは一〇〇〇倍だからたいしたことはないが、だんだんだんだん慣れてくるのにしたがって強くしていく。鼻の敏感な人は臭いでわかるが、鼻にちょっと病気があるような人は臭いを感じるのが遅いので命取りになってしまう。
・教育そのものは速成教育なので、化学的な知識や高度な学的な頭がないと将校にはなれない。
・トーチカ攻撃の訓練では、戦車を楯にして武装した兵隊が弾薬・手榴弾をあるだけ持ってトーチカを囲む。ソ満国境は平原が多いらしいので眼鏡だけは手放せなかった。
・夢にも南の方へ行って戦うことは考えていなかった。ジャングル戦は想像もしなかった。

◯一九四二年（昭和一七）一〇月三一日、前橋陸軍予備士官学校卒業。

・見習士官となり原隊に帰ってきた。
・内地にいる時に赴任先が決まり、南支広東にいた五一師団歩兵第六六連隊へ配属となったが、五一師団はラバウルに移動することになったので、ラバウルに行く輸送船が出るまで広島に一週間以上滞在していた。将校は近くの民家などに泊まっていた。
・この時に広島銀行の偉い人の家へ泊めてもらい、広島名物の牡蛎料理を毎日食べていた。牡蛎も三日も続けられると見るのも嫌になった。
・南方へ行く輸送船五、六隻を海軍の護衛船が周りを囲み宇品を出港した。
・大分県の佐伯湾まで行くと、アメリカの潜水艦が湾を塞いで出られなくなったので、船に乗ったまま三、四日停泊した。南方に行くため夏の支度だったので寒かった。船には暖房がなかった。
・船といってもあの当時の輸送船はカイコ棚を作って寝ていたからしゃがまないと歩けない。馬などは一番下だからかわいそうだった。
・最初は暑くて夜に寝てられなかったが、佐伯湾で停泊していた時だけは寒くて船の倉庫から米俵持って来てかぶって寝たこともあった。中には寒いので毛布を持っていって、それをみんなで分け合ってかぶった人もいた。
・それからアメリカの潜水艦がいなくなったということで出発した。
・だいたいラバウルまで八日くらいかかったと思う。毎日船の監視兵に交代で出ていた。海軍の兵隊もいたが、船員が一番自分の船をやられるのを心配して、もう夜も寝ずの番で敵の潜水艦を甲板の上からマストの上から眼鏡で見て監視していた。それでもとうとう潜水艦は出なかった。
・三、四日ほどで赤道を越えた。その時はさすがの船員も赤道祭を命懸けでやっていた。船乗りは赤道を越えるとどんな国の船員でも赤道祭をやるそうで、命があるようにありったけのごちそう作って出してくれる。そして余興会をしたり、船にデコレーションをつけたりしていた。

・輸送船は大きい商船で貨客船だった。一万トン近い大きさの船なので、ビールでも酒でもうんと持っていた。それで我々が一発で沈まされても大丈夫なように、夜にこっちから請求するとなんでもごちそうしてくれた。
・我々の仲間に早稲田大学のハーモニカクラブのキャプテンをしていた〝日高〟という人がいた。その人がハーモニカを持っていて余興会で優勝し、あの当時貴重品だった虎屋の羊羹を大きい箱に一箱と酒を五升くらいもらって仲間に分配して呉れた。
・あの当時の余興には浪花節や講談、それから昔からの流行り歌や盆踊りか民謡くらいしか曲がなかったが、早稲田のハーモニカバンドのキャプテンが「麦と兵隊」や「佐渡おけさ」「誰か故郷を思わざる」や「支那の夜」を吹いたので、みんながめずらしいと感心していた。ハーモニカだからもう覚えている曲をなんでも吹いていた。浪花節などは船が走っているので大きい声をたてないと声が届かないが、ハーモニカなら遠くによく届いた。大学のハーモニカソサイエティはプロと同じで、夏休みや冬休みに全国をあっちこっちへ行って講演していたという。そういう人が仲間にいたので幸先のいいスタートだった。
・中学校の教員や裁判所の検事だったという予備役の人も召集で来て、一緒にラバウルへ行った。予備役の人はみんな四〇歳を超えていた。

・同級生二三人と一緒に行った。

○一九四三年（昭和一八年）一月、ラバウルに到着。

・ラバウルに着いて一番驚いたのは戦艦大和がいたこと。最初はわからなかったが馬鹿にでかい船があるので上陸したらすぐに思わずそういう部隊に聞いたら「あれが秘密の軍艦だ」と言われた。でかい。我々の乗っていた船の五倍ぐらいあった。それでいかにも頼もしい艦だった。「山本連合艦隊司令長官が今ラバウルに来てんだ」という。大和を見たのはそれが最初で最後だった。海に浮かんでいてまったく山のように大きかった。「あんな大きいのが二隻もあったら大丈夫だ」と話をした。

○一九四三年（昭和一八）一月一四日、連隊本部に到着。

・六六連隊はココボの椰子林にいた。そこで連隊長に申告し、第七中隊に配置が決まった。

・分隊員は支那事変に行った人が多かった。我々の兄かおじさんぐらいの歳の人達で現役志願している人は少なく、赤紙で召集された人たちなので、学力は小学校ぐらいで中等学校を出た人はいくらもいなかった。小隊に中学を出た人は二人か三人しかいなかった。

・小学校の同級生もたくさんいた。それから隣村の人もいた。だからもう五里四方どこどこの家の村長は誰だとか、誰がどこどこへ嫁にいっているとか親同士の縁組もあったので、そういうことをみんな知っている。郷土部隊はそういうところが強みだった。

・歩兵連隊には各町村から体がいい人がみんな来ているからすぐわかる。呉服屋のせがれだとか乾物屋のせがれだとか、兵隊に行く前は家に行商に来ていた人だとか顔見知りが多い。家の屋根を直した左官屋のせがれが兵隊に来ていたり。だからもうだいたい兵隊の姓は呼ばない。その家の屋号、「さの屋のせがれ」だとか言っていた。だからそういうところはすぐに馴染んだ。

・戦場へ行くと内地の兵営みたいに厳しいことは言えない。初年兵にとっては内地の兵営が一番厳しかった。

・戦場では上も下もないくらいだった。戦になればそれは階級別だが、普通の日常生活の会話などは軍隊用語を使わないで、まるで家にいて百姓をしているのと同じように平気でしゃべっていた。中隊長は他の県の人が多くいたが、小隊長はその県の出身が多いから知っていることはなんでもわかる。ああいうところはやっぱり日本軍の強みだった。

○一九四三年（昭和一八）一月二〇日、ニューブリテン島北部の道路構築が発令。ラバウル〜ツルブ道構築。

・ニューギニアへ行く前にラバウルの東飛行場へ拡張工事などの使役に出たりしていた。

・道路工事はツルブとラバウルの間に輜重車が通れるくらいの道路を作れということだった。歩兵が持っているのはのこぎりか円匙で道路工事の道具は持っていない。あれで道路を作れという。連隊の各大隊ごとに区域を決めてやらされていた。

・毎日朝早くから夜日が暮れるまで宿営地から通い、昨日はここまで今日はここまでとだんだんだんだん伸ばしていった。工兵ならできたかもしれないが、素手同然なのでとてもじゃないが小さいクリークなどに橋を架けられなかった。

・ジャングルの木を倒すにも道具は何もない。兵隊は小銃と剣と背嚢のところにある円匙しか持っていない。のこぎりは道路工事のために工兵隊あたりから借りたんだろうと思う。みんな素人で土方に行ったことがないのに道路づくりをやれなんて。

・遊ばせておくのがもったいないという意味じゃないかと思う。あんな馬鹿なことをしたので消耗してしまった。はじめてのマラリアにはみんなニューブリテンにいるうちに罹った。

・「ガ島」からかろうじて駆逐艦で拾われて引きあげてきた人がもう全然意識不明でいたのを目にしてひどいもんだと思った。駆逐艦の甲板の上で死んでいる人もたくさんいた。
・弾ではなく栄養失調でみんなふらふらしていて、駆逐艦は速いから荒波のところをちょっと具合悪い人が一時間も二時間も甲板の上で意識不明になったら死んでしまう。ずいぶんガ島から引き揚げてきた人をラバウルで見たが、こんなことになるのかと思うとこっちもすくんでしまった。
・ラバウルの近くにいた時、夕方に洗濯をしていてワニにさらわれた兵隊がいた。一週間ぐらいたってから別な場所で洗濯していた兵隊が、片足が取られた兵隊の死体を見付けて、歯型でワニにやられたとわかった。

◯一九四三年（昭和一八）二月二二日、七中隊屋代少尉戦死。
・屋代さんは同じ中隊、同じ宇都宮の人で先任の人だった。屋代さんが道路工事のために小さい船でツルブの近くのパウエルへ行き、そこで船の荷を下ろしている時にボーイングに見つかって爆弾落とされてしまった。大きい爆弾が船の横へ落ちて爆発し、船員にもこっちの将校以下兵隊にもずいぶん犠牲が出た。その時に屋代さんが被弾して、即死ではなかったが野戦病院で亡くなってしまった。その代わりに自分が小隊長になった。

○一九四三年（昭和一八）四月上旬、作業中止。カバカウルに集合。二大隊は自ら構築した道路をパウエル～トリウ～クロスポイント～マゼランビット～ランギス～松井台道を行軍し、松井台から自動車輸送でカバカウルに集結。

○一九四三年（昭和一八）五月四日、巡洋艦夕張、駆逐艦数隻に分乗し、ココボ発。

・ココボからツルブまでは駆逐艦で運ばれた。大事な軍旗は連隊長と連隊長が潜水艦に乗って送っていた。

・高崎の連隊（歩兵第一一五連隊）はダンピールで海峡で輸送船が沈められて連隊長が戦死し、軍旗も行方不明になって大騒ぎしていた。ところが〝なみき〟軍曹以下、七、八人が軍旗と一緒に漂流して生還したので敵の手に渡らないですんだ。軍旗をとられたりしたら連隊長はもちろん自決しなければならなかった。

○一九四三年（昭和一八）五月五日未明、ツルブ上陸。

・ニューギニア本島へ渡る準備をした。五一師団のうち水戸（歩兵第一〇二連隊）も高崎（歩兵第一一五連隊）もすでにニューギニアへ行っていたので、我々の六六連隊が一番最後の殿部隊だった。

〇一九四三年（昭和一八）五月七日、五一師作命甲第一五一を受領、行軍によりブッシングに前進し、到着部隊から逐次大発によりラエへ移動。

・ダンピールでやられていたのであの当時はもう輸送船に乗れなかった。それで今度はいわゆる大発に乗って移動した。大発一隻には一〇〇名くらいが乗る。船舶工兵がいて小さい船。トイレも何もない。そこへドラム缶のガソリンを積み、そのドラム缶の上に兵隊が乗る。トイレもないのでみんなオープンでやっていた。飯を食べるのも一緒。顔を洗うひまもない。手鼻をかんでも走っているのですぐに隣の兵隊に鼻がいっぱい飛んだ。

・昼間は敵の駆潜艇がしょっちゅう走っているので夜に移動した。集団では行かないで、各中隊別にバラバラに行く。

・船舶工兵は船乗り経験者が多く、照明道具はカンテラぐらいしか持っていないが彼らは星月を見て進んでいた。

・敵の駆潜艇も海上を走っているが、敵の駆潜艇の音を聞くとこっちがエンジン止めて浮いていた。駆潜艇が行ったらまたエンジンをかける。
・敵の駆潜艇は重機関銃を持っているので、狙われたらもう日本の大発は一発でいっちゃう。横穴でも開けられたらもう見る間もない。
・我々の連隊は犠牲者なく大発でラエまで渡った。
・途中フィンシュハーフェンに二、三日波が荒くて出られなくなり滞在したことがあった。滞在といっても寝たり起きたりで地形偵察などはやらなかった。濡れたものを乾かしたり洗濯したりで手いっぱいだった。
◯一九四三年（昭和一八）五月一六日ごろ、ラエへ到着。サラモアに進出。
・ジャングルの細い獣道みたいなところを歩いてサラモアへ向かった。
◯一九四三年（昭和一八）五月末、連隊主力、サラモアの「ラグイ」地区に無事集結を完了。
・水戸の連隊（歩兵第一〇二連隊：岡部支隊）がワウで負けて退却してきた。我々は後から来てムボで交代した。

○一九四三年（昭和一八）六月一一日、ムボ前面の敵に対する攻撃準備のため、五一師作命甲第四三号を受領。（ウイパリ作戦）

・ムボのちょっと先がウイパリ。そこに敵の陣地があることがわかったので攻撃することになった。

・この時は戦闘準備で焼き米をさせられた。ジャングルの山の中腹で戦うので煮炊きができない。下手に火を使ったら敵に見つかってやられてしまう。水戸の連隊がこういう戦をしているということが情報でわかっていたので、下手に火を使うなということで、ウイパリ攻撃前にムボで焼き米を二日分飯盒の蓋で焼いた。これを携帯口糧にして飯を炊かずに焼き米をかじっていた。

・山の下の谷には小さい水の流れがあったが山の上にはなかった。

・陣地の近くには竹やぶが多かった。日本の竹林と違って密集して生えていた。その竹を一メートルぐらいに切って中の節を抜き、一節だけ穴を開けて水を入れて栓をして水筒代わりにしていた。水筒は一つしかないが何日戦闘が続くかわからないので、それを背嚢の後ろへくくりつけていた。

○一九四三年（昭和一八）六月二〇日〇三〇〇頃、攻撃開始

・敵の陣地の一〇メートルぐらい前まで近づくと、なにかバンバンバンバン爆発してやられている。敵さんは細い針金のピアノ線を手榴弾の安全栓のところへくくりつけて木と木の間に張っていた。足が引っかかったらすぐに爆発する。それが最初はわからなかった。それまでは穴の中へ竹を研げて立てておくぐらいのものだろうと思って行ったら、あにはからんやあんなものは何もない。もうその時は予想外だった。

・攻撃の前に将校斥候が二、三回も出ていたが、その時は誰も引っかかっていなかった。だからどういう経路で将校斥候が歩いてきたのか。将校斥候の報告によれば障害物なんかなにもない。誰かが一回引っかかれば要注意と言われるが、はじめて戦をするのでそれで進めない。

・宇都宮から一緒に行った同じ中隊の〝ねぎし〟少尉が中隊で最初の負傷者となった。喉口と腕に破片が入り、致命傷ではなかったが野戦病院に収容された。

・兵隊もずいぶんやられた。手榴弾だからまともに近くでやられたら即死だが、遠くで爆発するので破片が飛んで来る。それも腹部に入ったら危ないが、腹をやられないかぎりは

腕などにいくら入っても平気。だけど爆弾だから手榴弾はおっかない。あれをまともにくったら内臓が吹っ飛んでしまう。
・恐いなんてことはなかった。あのころはどこどこを攻撃せよという命令通りに動くほかはない。下手にダメだなんて引き返してくると敵前逃亡でやられてしまう。
・それからは前進しながらピアノ線の発見をやらせた。ゆっくり行くと何発も見つかる。ピアノ線は細いので、持っていた爪きりで切れた。むやみに引っ張ると危ないので遠くのほうの木に結わえつけてるものを切った。
・それを発見したので、各中隊にゆっくり前進して障害物を発見してから進めということを申告した。それからは手榴弾にひっかかる人が少なくなった。
○一九四三年（昭和一八）六月二一日〇七四〇頃、第一大隊「マエ」陣地奪取。
・ウイパリ攻撃の時にラバウルから飛行機が来るはずになっていたが来なかった。飛行機が来るのを待っていたが来やしなかった。【※第六飛行師団か】
○一九四三年（昭和一八）六月二二日、「ミネ」陣地も奪取。ウイパリ東北側の「ハ

ナ」陣地に向かい前進。遺棄死体一〇、鹵獲品軽機四（弾三〇〇）、自動小銃二八（弾六〇〇）、小銃一一（弾若干）、手榴弾五〇〇発。損害戦死四二名、負傷一三一名。

・オーストラリア軍は大きいつばの帽子を被っていた。羅紗のハットで鉄帽じゃなかった。逃げる時には必ず帽子を置いて逃げていた。だから我々も拾って雨除けにかぶっていた。カウボーイみたいな帽子。

・敵は逃げる時になんでも置いていく。彼らは自分の体が大事らしい。置いていった手榴弾を川の魚が群れているところへぶん投げてよく魚をとって食べた。

○一九四三年（昭和一八）六月二二日一九〇〇、攻撃中止。

・その時、敵は一応退却したが、次にまた敵にとられてしまって、無理だということで我々が引きあげた。そうしたらもうどんどんどん敵さんは後ろから増強していた。

・ウイパリ攻撃が頓挫して、我々二大隊一大隊も陣地から連隊命令で退けということで「ムボ」へ一旦退いた。

〇一九四三年（昭和一八）六月二五日、「ムボ」の警備隊の任務を歩一〇二から継承。陣地強化、敵情偵察。

・ムボには連隊の糧秣庫があった。サラモアの戦闘がはじまる前に、サラモアの半島のところからムボまで六キロぐらいあったジャングル道を搬送して米を貯め、この糧秣庫から各陣地に配給していた。二ヶ月分くらい貯めていたと思う。毎日の食事を減らして積むのが大変だった。体が熱くて弱っていたが、毎日各中隊から何名かがウイパリ作戦前にサラモアから運んでいた。

・一番危なかったのは海軍陣地。陸軍が行く前に海軍が占領していたところが禿山で、そこだけは空から道路が丸見えだった。草木も何も生えてない。こっちの兵隊が一人でもそこを通ると敵の飛行機が銃撃してくる。そこが一番の難所で命懸けだった。禿げた距離が五，六〇メートルあり、こっちのジャングルからこっちのジャングルへ入るまで、そこを一人でも兵隊が通ると飛行機が来て銃撃する。禿山に人がいないとジャングルをめくら撃ち。それでも一〇〇発にひとつくらいは当たるから通過するのは命がけだった。

〇一九四三年（昭和一八）六月三〇日、「ナッソウ湾」に米軍上陸。

・こんどはアメリカの海兵師団が我々の正面に上陸してきた。その大隊長がルーズベルト大統領のせがれだという。それはニュースですぐにわかったらしい。アメリカの放送をこっちで傍受していたようだ。

【※七月九日にナッソウ湾から上陸した四一 st infantry Division の162RCT の第二大隊長は第二六代アメリカ合衆国大統領のセオドア・ルーズベルトの息子の Lt.Col Archibald Roosevelt】

・なにしろ彼らは空軍力があるから平気で昼間に上陸する。上陸する前は日本の兵隊が寄れないように、艦砲射撃で上陸する地点の周囲一キロぐらいは丸裸にしてしまう。だからどこに隠れていても上から重砲野砲をぶちこんでくるからたまんない。今までの密林が丸裸になってしまう。太鼓を打つように撃ってくる。日本でも野砲を持っていたが、一発撃つとすぐに発射位置を発見されて一〇〇%弾が来る。たまんないよもう、全滅。

・我々の陣地に毎日朝、夜が明けるのを待って彼らは太鼓を打つようにドーンと大きい砲を撃って来る。毎日だから我々のサラモアの陣地なんていうのは丸裸になってしまった。こんなに太い大木が全部倒れて、かろうじてその倒れた大木の一番下を陣地にしていた。倒れた木の下にいれば塹壕を掘らなくても大丈夫だった。

・毎日毎日朝昼晩と定時的に大きいのがグアン、グアンーと唸って来る。見ている間に破裂する。ジャングルのこんな太い木がみんな倒れていた。これを「定期便」と呼ぶようになった。朝起きると日課のように撃って来て、昼前にちょっと撃って、また夕方に撃つ。
・ワウが飛行場なのでそこから飛行機がいくらでも飛んでくる。ポートモレスビーからも飛行機ですぐだから、飛行機がもう休みなしに飛んでいた。敵が我々の姿を見ると必ず銃撃する。その銃撃も普通の銃撃じゃなくてありったけ撃つ。だいたいここらに隠れているんじゃないかという予想地点に向かって撃つ。だから防空壕でも穴の中へもぐらないかぎりはどこでやられるかわからない。
・穴の中へ入ってても大きい曲射砲をまともに受けて防空壕の出口を塞がれちゃった人がいっぱいいる。隣の八中隊は直撃弾で壕がつぶされ出口が塞がれたので、中隊長以下七、八人がいっぺんに死んだ。でかい二〇キロあたりのやつをぶちこまれたらもう一〇〇人ぐらいがいっぺんにまとまって死んでしまう。防空壕だからだいたい多くて一〇人前後しか入れなかったが。
・岩盤でもあればそこに隠れるぐらいに掘るがジャングルには岩盤がない。なんといってもジャングルが野原になっちゃったことに驚いた。こんなに大きい丸太ん棒が全部、今まで倒れたことがないようなジャングルの木がみんな倒れている。あれだけのジャングルが青空天井になる。あの爆弾の威力がすごい。それも普通のあの機関銃じゃなく野砲だからこんなにでかい。

・谷を一つへだてて五〇メートルぐらい先に敵さんがいる。彼らもこっちの突撃を怖れていた。一番最初ワウで突撃をした時にオーストラリア兵は声を聞いただけで逃げちゃったらしい。アメリカの兵隊にもそれは伝わったらしく、接近戦をするのに彼らは単独で攻めてこない。まずダンスカダンスカ撃って撃って撃ちまくって、ジャングルをまるで畑みたいにしてから来る。上からはグライダーで観測している。グライダーだから音もない。それで終わるとグライダーを母機が収容しに来る。はじめはわからなかった。なにやってんだろこれと思っていた。後でわかったのが精密な空中写真撮っていたということ。「パイロット」の襟巻も派手なものをつけていて最初から舐めてかかられていた。手が出ない。

・米軍が上陸してからはもう我々はほんとに退却退却だった。あそこには居たたまれない。

・日本の野砲なんか全然使えない。ジャングルだから持って行けない。車はもちろん馬もいないし、馬なんかジャングルじゃ歩かせられない。彼らの機械化には驚いた。

・こっちはもう補給がつかないので戦どころではなく、そこらへんの野草を拾ってきて茹でて食べていたが、彼らは食糧を空輸で飛行機から降ろす。オペレーションというものがあってパラシュートで落とす。それをこっちが先に拾いに行く。すると彼らも拾いにくる。早いもの勝ちで、風向きによってはこっちへも飛んでくるので、あれでよく助かった。彼らは食べ物と兵器もそれで落とす。機関銃から小銃から弾、それから重砲の太い大きい弾。それも全部荷物に色分けがしてあって、ドサンドサンと輸送機で下ろす。ああいうふうな補給法をやっていた。

・日本は小銃だけ。小銃と機関銃。それでもう腹ペコペコだった。

・壕の中に入っているとアメリカの兵隊に狙撃されることもあった。

・よく見るとアメリカの兵隊は裸の現地人を使っていた。現地人はあのへんの土地の人間かパプアのどこかの部落から連れて来たかわからないが、とにかく現地人がいると地形でもなんでもわかるしどこに水があるかもわかる。我々の部隊なんか現地人は一人もいない。

・我々は敵さんのところへ斥候に行くと二日三日帰ってこない。敵さんのキャンプへ行って、敵の食べ物をかっぱらって腹ごしらえをしてから帰るという状態だった。敵が留守な時はテントの中に相当あった。それを持ってくる。

・小隊長だから最初はよく兵隊五、六人をひっぱって、戦闘がはじまる前に必ず将校斥候に出ていた。そしてだいたい敵がどこにどういう配置をしているのかを計算し、兵要地図といってその報告書を書く。他にも山、谷、高い山が標高いくらぐらい、河の幅、深さ、それから見通しのいいところはどこだとかいろいろ条件がある。それを戦闘前に必ずやる。敵もやるのでよく敵の将校斥候とよくぶつかった。その場合はお互いに報告の義務があるから引きあげちゃう。ドンパチはやらない。敵の斥候だってことはすぐにわかる。彼らも斥候に出る時はいろんな図板をぶらさげてきていた。

・自分の陣地から敵の距離が一番大切。それから、周りの地形、山、谷、それからジャングルの深さ、どんな草木が生えているか。それから低い土地はどの辺りかなど。

・敵は現地の土人を使っているから非常に土地に明るい。我々のところには一人もいないし地図もないので、戦闘をしながら地図を作ってそれを兵要地図にして、斥候の報告に基づいて全般の部隊の配置や地形決めをやっているような状態だった。だからあれじゃとても戦にならなかった。

・斥候に行って帰らない人がいっぱいいいた。敵のほうへ逆に行っちゃって終戦後に帰った人もいる。むこうの捕虜になっていて、かえってそれのほうが楽だと言っていた。そういう人もいっぱいいいた。

・ニューギニアの戦場はジャングルでぜんぜんもう眼鏡はいらなかった。どこに隠れても一人で一〇人ぐらいの敵を平気で倒せる。豪胆な人はそこにいて動かなければいい。大きいジャングルなんて木があってイノシシが走って通るぐらい。そういうところへ持ってかれて、我々もこれはどこに敵がいるのかわからない。将校斥候に行っても、高い山を登っても、ジャングルでどこにいるのかわからない。ジャングルの川の流れはどっちが東でどっちが西かわからない。上陸早々戦をして、右も左もわからない地図もない、そういうところで戦うこと自体が無理。内地の教育や訓練ではぜんぜんやっていないことだから。大陸で戦った人達もとまどっていた。

〇一九四三年（昭和一八）七月一一日、ムボの糧秣庫付近で戦闘。

・たまたま糧秣庫の近くに連隊本部があり、連隊本部が敵に囲まれたので、命令で青木軍曹以下一個分隊を指揮して救援にいった。

・ムボはサラモアとワウの中間で、敵さんはワウのほうから来ていたのが多かったが、この時は逆にサラモアの方から来た。将校斥候だったんだと思う。

・この時に青木軍曹が大腿部に負傷してしまった。

○一九四三年（昭和一八）七月一一日夕方、命令によりムボ撤退。

・青木軍曹は足を負傷したので歩けなかった。だからみんなで担いで撤退しようと分隊の兵隊が決めたらしいが、とてもじゃないが夜間行軍では運べない。そして連隊命令で初めて自決させろという命令が出た。命令だからしょうがない。この人のために今度は何十人犠牲になるかわからないから。連隊命令で自決させろとはかわいそうだった。手榴弾を置いてくるだけ。自分で手榴弾を発火できればいいけどやらなかったらそれっきり。どんどん離れるまで手榴弾の爆発する音は聞かなかった。気が気じゃないよね。彼は足だけだから元気なんだ。でも痛いのと熱が出ているから歩けない。かわいそうだった。青木軍曹は小学校を出ていないので字が読めなかった。支那事変にも行っていて、字が読めないのによく軍曹になれたと思う。足尾銅山の鉱夫で極めて大人しい人だった。内地には妻と子供がいた。

・ムボ撤退の時は夕方から撤退が始まり、不用尖兵小隊となり夜中に河を超え山を登った。ムボを警備していた時によく知っていた場所で、「これは逃げる時にはここらあたりが一番いいなあ」なんて冗談で言っていたのが本当になってしまった。

・光る苔があったので夜間、真っ暗でもジャングルの中を歩けた。
・一晩中歩いても、病気の兵隊もいるし、ろくなものを食べていないから中々進まない。重機関銃部隊もいたので、隊伍が続いて動かなくなってしまった。
○一九四三年（昭和一八）七月一二日、戦闘。
・夜が明け、朝七時ごろに敵さんと遭遇してしまった。敵は我々が進む前方の大きな倒木の前にずーっと横線を張って構えていた。
・その時に当番兵の直井上等兵が、行くなと言ったのに聞かずに行ってやられてしまった。五、六メートル前の大きい倒木をまたごうとしたら「うわあああああ」と血だらけで即死。
・それから今度はうちの機関銃が、分解して持っていたのを組んで発射しようとしたところ、射手がやられて機関銃もやられてしまった。機関銃も壊れて撃てない。
・バンバン始まったので、後ろにいた連隊本部から連隊副官の栗原中尉が連隊長に「なんとかしろ」と怒られたのか我々の陣地へ来た。そして危ないから行くなというのに、言うことを聞かないで自分の前を通って当番兵の直井上等兵が死んだ先まで行ったら、「あーーっ！」と言ったっきりパーン！と即死。

・そして後から来た機関銃が撃ちだしたので、敵も後続の我々の部隊が多いことを感知したらしく、死体を四、五人残して逃げていった。
・それからは幸いにも古参の支那事変で活躍した分隊長が、当番兵の代わりに誘導してくれて、もう絶対にこっちへ行かないでくれと迂回してくれたので助かった。
・この時は敵愾心が湧いて、軍刀でアメリカ兵の死体を切りつけた。
・軍刀はあのジャングル戦ではなんのクソの役にも立たなかった。邪魔でしょうがない。いつも行軍する時は横にして背嚢の上に背負って歩いていた。戦国時代じゃあるまいし、とてもじゃないが飛び道具には勝てない。大東亜戦争は軍刀を引っこ抜いてやーやーってつっこむような時代じゃない。とにかくあんた、二五発の連続、日本の機関銃の三倍も、弾こられたら、とてもじゃないが突っ込めない。突っ込む前に死んじまう、やられちゃうよ当たって。

○一九四三年（昭和一八）七月一三日、武勇山―猛虎山へ。
・武勇山（ぶゆうざん）、猛虎山（もうこざん）。
・武勇山が一番標高点が高い。だから敵も一番ここをとりたくて、そこをめがけてもうドンスカドンスカ撃ってくる。飛行機で観測しているから着弾距離が間違いない。最初の着弾がどこどこで、あと何メートル後ろか前にやればということを飛行機で教えているらしい。
・武勇山は大事な場所だったので連隊としても最後まで死守した。アメリカもここがほしくてなんとか占領しようとやってきたが、こっちが撤退せずに頑強にがんばっていたので、結局その武勇山で谷を挟んでアメリカ軍と対峙した。
・夜襲はやらなかった。動くと撃ってこられるので身動きがとれない。武勇山にいる間、下へ水汲みにいくと、敵は谷を隔てたむこうで構えていて、兵隊が動くたびに撃ってくる。それで兵隊がやられてしまった。
・ジャングルの倒れた倒木を陣地にしていた。あれだけの防空壕を作ったら大変だが、あのころは太い木が折り重なって倒れていたのでその下にもぐっていた。
・防戦一方。防戦というよりもここから出させないように「ここにいるぞ」と。
・ここにいるときはもうシラミでやられて体中シラミだらけだった。着の身着のままだから、武勇山にいる時は毎日天気のいい日は倒木の上に裸になってシラミ取りをしていた。みんな寝冷えしないように毛布を切って腹に巻いていたが、あれがシラミの巣になっていた。シラミにやられると苦しい。寝られなくなる。朝起きて毛布を広げてみるとシラミでびっしりで真っ白だった。それは連隊長でも師団長でもみんなそうだった。風呂にも入らないし風呂どころじゃなかった。

・頭は泥の頭。倒木の下へ穴を掘り、彼らが機関銃などを撃ってくると穴の中へ頭を突っ込んでいた。

・一番困ったのは水。谷まで行かなきゃならなかった。最後のころは水飲み場が同じになっちゃって、アメリカの兵隊と日本の兵隊が交互に汲んでいた。だから彼らの声だとか、靴跡があるかないか、そのまわりを確認してから水を汲んでいた。アメリカも水だけは谷の水を飲んでいた。

・もうああなったらとてもじゃないけどマラリアは出るし、あの山の上の穴の中でマラリアが出るとどうにもしょうがない。それで補給だってないんだから、一部の兵隊に谷へ行ってそのへんに生えている食べられるような草をとってこさせて飯盒で茹でさせて食べていた。ムボ芋もよく食べた。

・一番困ったのはマラリア。マラリアの薬は飲んだって効きやしない。蚊帳なんて我々にはなかった。

・どういう関係か日本人は全部、偉い人でも一兵卒でも全部熱帯潰瘍になった。もう手の指の股から陰部、足の指、体中が潰瘍になってしまう。熱帯潰瘍であちこちが膿んでくる。一番ひどいのは金玉の周り。大陸にいた時に淋病や梅毒に罹っていた人は、熱帯潰瘍のために悪化したのか、腐ってしまって亀頭の形がなくなり、おしっこの穴だけになっていた。
・熱帯潰瘍は偉い人でも全員なる。あれは痛くて困った。一番困るのはふんどしを外す時で、膿が出るのでくっついた包帯を外すのと一緒だった。おしっこをする時に痛かった。
・熱帯潰瘍は膿が出終わるとあざになる。さすがに顔だけは出なかったが、これで夜に眠れなくなる。そこへマラリアが来たら四〇度の熱が出るからもうパアになる。マラリアには三日熱と四日熱があるが、氷もないし水も川まで汲みに行かなきゃならない。
・スコールは助かった。天幕でスコールの水をしゃくって溜めることが出来た。しかし、どこにいてもスコールのたびに水を入れることは出来ない。高い木が生えているところを陣地にした時には木でさえぎられて雨がまとまらなかった。
・一番困ったのは主食の米の補給がないことだった。パンなんて一回スコールに濡れたら食い物にならない。一晩大事にしてしまっておくと腐って毛が生えてしまった。
・壕の穴の中で寝ていると冷えるのか病気になるのかわからないがよくおしっこが出なくなる人がいた。その場合は大きい木の根の前に座らせて、焼いた針金を尿道へ突っ込む。

すると針金を引かないうちにダーッと出て来た。

○一九四三年（昭和一八）八月一六日、カミアタム北方旧海軍陣地に敵侵入。残念坂も占領される。

○一九四三年（昭和一八）八月一八日、撤退。「竹の沢」へ。草山―山田山に陣取る。

・草山（くさやま）、山田山（やまだやま）。敵さんが追尾して後を追って来る。

・竹の沢はラエへ引揚げる前に集結したところ。この近くで師団の参謀長が狙撃され、戦死した。

○一九四三年（昭和一八）八月二四日、師団長が玉砕する決意を訓示。

・職業軍人じゃないのでこの時はほんとにホッとした。兵隊を連れてどこかへ逃げることを考えていた。飯も食わせないで戦をして、それで毎日毎日弾に当たって死ぬよりも病気で死ぬ人が多いんだから。ほんとに弾をいっぱい集めて兵隊連れてどこかへ逃げて暮らそうなんてよく陣地で夜話していた。

○一九四三年（昭和一八）九月五日、ナザブに敵落下傘部隊降下。

・ラエにナザブ平原というところがある。そこに落下傘でアメリカ軍が降下した。それでラエが危ないから引きあげることになった。敵さんが日本軍のように早く進んで来たらラエに我々はさがれないがアメリカ軍は遅かった。せっかく落下傘で降下したのだから勢いをつけてどんどんどんどんラエまで攻めてくれば我々も手を上げちゃったと思う。

○一九四三年（昭和一八）九月六日、ラエ防衛のため移動。

○一九四三年（昭和一八）九月八日夜、ラエへの転進。

・サラモアからラエへは船でないと逃げられない。結局サラモアのずうっとラエよりの海岸へ夜に集合して、船舶工兵隊の大発で集まって逃げた。昼間走れないから夜ばかり。

・サラモアから船に乗るまでが大変だった。草山から海岸の船に乗る時までに、ジャングルにクリークがいっぱいあった。それをいちいち着の身着のまま渡る。泳げない人はもっていかれてしまった。

○一九四三年（昭和一八）九月一四日未明、ラエに到着。○七○○、五一作命甲第一○二号、転進の強行が発令。（サラワケット超え）

・北本工作隊が戦時中に現地人を連れてマダンからラエまでサラワケットを超えて来た。それを参考にして撤退路を決めたらしい。参謀は行ったことがないから簡単に越えられると思ったのではないか。

・サラワケットを超える時も尖兵小隊だった。

・ラエ撤退の時に一部の米軍降下部隊と戦闘になった。この時に七中隊の中隊長以下指揮班が米軍降下部隊の一部とぶつかり、背嚢を置いて逃げてしまった。そのためラエでかきあつめた一ヶ月分の食糧がなくなってしまった。この時の敵はおそらく将校斥候クラスの小部隊で、長以下一○名ぐらいで機関銃を持って来て、隣の隊の将校が肩を抜かれたり兵隊が二、三人戦死してしまった。

・ちょっとしたドンパチをやるとすぐに死ぬ人がでるが将校が死ぬと大騒ぎする。兵隊はそういってはなんだが死んでもあんまり話題にならない。

・サラワケット、これが難航だった。大隊長は部隊の指揮をとらないで当番兵と二人で行ってしまった。軍隊で部隊の指揮を隊長がとらなかったらどうなるのか。そういうことで、もうとてもじゃないけどこらだめだってわけで、予備士官学校の同級生と三人で当番兵を連れて山を越えた。部隊の指揮どころじゃなかった。

・とんでもなく高い山だった。まさか四〇〇〇メートルの高さだなんて最初は分からなかった。とにかく山を越えて向こうへ行けば安全地帯だということしか言われない。高さがどうなんてことは全然情報が入ってない。だから半袖半ズボンで山へ登った。山の下のほうならこれでもいいが、もう三〇〇〇メートルクラスになったらいくら南でも寒い。夜は寒くて寝てられない。

・だんだん高度が上がるにしたがって、高山病みたいになってしまう。ゆっくり上った人はなんでもなかったが、あわてて登るとやられてしまう。登山をやった人が二、三人いれば高山病はこうだとわかるが、兵隊は登山なんてやった経験がないし我々だってわからない。どうも頭がボーっとしたり、動きが鈍くなってしまう。

・山の中腹辺りには現地人が農園をあちこちに作っているので、そういうところに食べ物を探しに寄り道をしてサツマイモを掘ったりしていた。現地人は収穫しないでどこかへ逃げていたので、ものすごい大きくなっていた。それでサツマイモの大きいものなどを五つも六つも掘ってきては背嚢の中へ泥をはらっていれて、それを煮たりして食べていた。しかしもう早い部隊が先にとってしまっていて、後からの部隊にはほとんどなかった。

・マラリアをよけるため、現地人の家は高いところにある。水汲みだけでも大変で、現地人は自分の家族に応じただけ水を毎日谷へ行って汲んでいた。井戸なんてものはもちろんない。谷川の水汲んで何日分か竹の筒に貯めている。そういう生活なので現地人の農園には、タロイモ、サトイモ、サツマ、トウモロコシ、バナナ、パパイヤなどを自分たちで食べる分だけが植えられていた。中には生姜やトウガラシも一株ぐらいは農園の端っこにあった。

・海軍部隊はかわいそうに行軍したことがないから、一番早くに海軍の兵隊が死んでいた。あのちょっとした三〇〇〇メートルクラスの高さになると、水飲み場みたいなところへ行くと海軍の兵隊がみんな死んでいる。海軍はあのころ飯盒を持ってない。それで海軍の兵隊は行軍がはじまってから靴下や乾パンが重くて持って歩けないと捨てていた。それを陸軍の兵隊が後から行って拾って食べていた。海軍の食糧は非常にいい。靴下も毛だった。

・海軍は陸軍みたいに脚絆を巻かない。靴は短靴で編み上げじゃない。とてもじゃないけど雨でも降られたら短靴じゃ歩けない。かわいそうだった、海軍の人はみんな最初あちこちで食べ物が無くなって水飲み場でみんな死んでいた。なんでこんなとこで死ぬんだろうと最初は思っていた。だんだんだんだん上へ上がるにしたがって今度は陸軍の兵隊が水のみ場で力尽きて死んでいた。水の中でのどを出して横になっている。あれは力尽きて水が飲めないんだろう。いい場所でみんな死んでいるから、あとから行ってここで水を飲もうといっても飲めない。手でしゃくって飲もうなんて場所じゃない。濁り水で口をのばさないと飲めないような場所に水が出ている。

・サラワケットでは夜死んだ兵隊の鉄砲を集めて焼いた。天皇陛下の鉄砲を。鉄砲の木は油がしみていてよく燃えた。五、六丁拾ってきて燃やす。鉄は残るが木だけはよく燃えた。油がずいぶんしみてるからよく火つく。夜はあれで暖をとって、みんなの持っている天幕を付け合わして。それで夜明けを待って行軍をはじめた。

・こうなったらもう鉄砲どころじゃない。自分の体がもうどうにもならないんだから。

・鉄砲は一晩中燃やしていた。木の中へ何重にも油が滲みているから火が消えない。鉄は赤くなって残るからあったかい。テントの中だから、温めると中々冷えなかった。適当な温度になると眠くなって寝てしまう。

・頂上近くになったらもうみぞれが降っていた。裸の現地人が兵隊と一緒に行軍していて死んでいた。あの寒さじゃいくら現地人でも、下にいる時は裸でも、山へ行ったことがないからかわいそうに。
・サラワケットに行く時は軍刀は無用の長物だが持っていた。いざ敬礼する時に指揮官に指揮刀がなかったら敬礼ができない。だから捨てるわけにはいかなかった。むやみに捨てると将校が持つべきものをもたないということで軍法会議にまわされてしまう。
・山の下では暑くてしょうがないので夏用の薄い半袖半ズボンだった。兵隊はそれで脚絆と編み上げ靴。編み上げの靴底が抜けちゃった人なんかは靴下で歩いていた。サラワケットを行軍中、靴を脱いで寝ていたある将校は、自分の靴を兵隊にかっぱらわれて、裸足で歩いて死んでしまった。
・途中で弱っている兵隊は油断していると背嚢でもなんでもとられてしまう。だから単独で歩くのを止めるようになった。
・場所によっては行軍をしているとひどいもので、死体がずーっと並んで死んでいた。
・現地人の豚小屋に泊まった時にダニが体にくっついたらしく、血をいっぱい吸い込んで大きくなっていた。それをとってもらったら楽になった。
・明るいうちに現地人の部落へ入ればきれいな小屋も見つかるけども、暗くてわからない時はどこでも屋根のあるところへ知らずにはいってしまう。くさいなんて言っていられない。
・とにかくあの状況の悪いところでは命がいくつあっても足りない。
・歩兵部隊はお互いに助けあって戦闘する部隊だから、食べ物も必ず個人で消費しないで分けあうから助かった。団結のない衛生部隊や戦闘をしない後方部隊なんかはかわいそうだった。
・サラワケットを越える時は部下も二〇人ぐらいいなくなって帰って来なかった。病気になっても普通の介抱ができないし、特に山だから担架を作って搬送をすることは絶対に無理。自分が参ってしまう。もうしかたなく泣き泣きして戦友の小指ぐらいを切って焼いて持って来るぐらいしかできなかった。穴を掘って埋めることは戦場じゃできない。シャベルなんか届かない。置き去りだった。

○一九四三年（昭和一八）一〇月一四日、大部分がキアリに到着。
・だいたい行軍をはじめてから二五、六日かかった。
・中には二か月ぐらいかかって越えた人もいた。途中で推定八〇〇人ぐらいは死んでいる。実際はもっと死んでいるんじゃないかと思う。行方不明者がいっぱいいる。どこで死んだか誰も確認できない。みんなバラバラで隊伍がとれず、指揮系統はあの期間だけはなくなってしまった。だから大隊長が当番兵と二人で勝手に歩いたり、僕らみたいに隊を離れて仲間同士で隊伍組んで歩いたり、そんなことがまかり通っちゃったんだ。軍もなんにも言えない。どこで死んだのか全然確認できない人が多い。中隊単位に数えても誰々と誰がいないから死んだんだろうとそのぐらいだった。

・キアリが山を越えて最初の補給所だった。山を越えてホッとした。それからガリに移動した。キアリからガリまでは一里半ほど。キアリでは本格的な補給はなかったが、ガリには潜水艦が入ったり「ラバウル」からの補給があったので、やっと一日二、三合の米が配給になった。

○一九四三年（昭和一八）一一～一二月、ガリの警備。

○一九四三年（昭和一八）一二月ごろ、グンビ岬の捜索拠点隊に。

・ガリにいる時、グンビ岬の捜索拠点隊の隊長になった。

・捜索拠点隊はあらかじめ敵が上陸しそうな場所を選んで、地形、橋、山岳道や道路など、いろいろな偵察をすることが目的。その他に住民の宣撫もしていた。だから宣撫品があればあるほど効果があがった。
・戦闘前に前面の敵を探るのが将校斥候だが、一ヶ所に滞在して敵の情報をとる時は捜索拠点隊という名前になる。将校斥候よりも規模が大きい。重機関銃まで携行させられることもある。また捜索拠点隊というのは他の部隊からも優秀な要員を抽出して兵要地図を必ず作る。山や河の流れ、方角など。一週間ぐらいはもう寝る暇がないぐらいに報告書を作るのが大変だった。
・グンビというところは上陸するのに好条件なところだった。海岸が浅瀬になっていて波打ち際から平らになり、農場などがすぐ作れるような土地だった。海で手榴弾を投げると大きい鯛が二〇匹くらい上がった。山に入る前に「ここらで少し景気つけよう」と海辺にテントを張らせて兵隊に魚取りをやらせるとおもしろいほどとれた。そこに現地人が来て、「俺らにもその弾をくれ」というので渡すとたくさんとってきた。
・鯛がいたのには驚いた。こんな大きい一尺ぐらいのものもいた。もちろん毎日焼いていた。
・魚をとるのに手榴弾はすごい。それを覚えたのでどこへいっても戦闘中でも川の魚が寄っている一番深いところへ手榴弾をぶん投げていた。手榴弾は水面すれすれで爆発すると一番威力がある。水の中へもぐってから爆発したのでは弱い。それだから、「いーち、にー、さーん、ポン」とやる。そのタイミングが熟練者じゃないと難しい。ラバウルにいる時によく怪我をした人がいた。

・捜索拠点隊は、部隊で配給にならないようなものを自分たちでとって食べることができた。部落の現地人を宣撫して彼らが飼っている豚を持ってこさせて、それと交換に死んだ兵隊の衣類をまとめて持っていくと喜ばれた。「ケット、ケット」と毛布が一番喜ばれた。

・そうするうちに、六六連隊は半分以下になってしまったので、パラオで再編成することになり、一個大隊だけを残して、生き残った将校など幹部は編成要員としてパラオに行くことになった。そのためグンビ岬の捜索拠点隊を栃木県足尾出身の倉沢中尉と交代した。

・自分たちがいたのはグンビの海岸のすぐ上の部落だったが、海岸のほうにも岩本中尉が率いる捜索拠点隊が行っていた。岩本中尉は士官学校を出た正真正銘の職業軍人で、日本名が岩本という朝鮮の人。李王殿下の親戚筋らしく、広東にいるときに仲間と一緒に呼ばれたということだった

○一九四四年（昭和一九）一月二日、グンビ岬に敵が上陸。

・敵に上陸され、岩本中尉は連隊長の命令なく後退してしまった。そのために敵前逃亡だということで自決させられてしまった。山のほうにいた倉沢中尉も同じような行動をとったらしく、「お前も責任をとれ」と言われていたようで、後のアイタペ作戦の時に「今度は責任をとれる時が来たぞ」と仲間に言われたか連隊長に言われたかわからないが言われたらしく、アイタペに行って最初に戦死してしまった。

・そういうことがあった。今思えば身震いする。自分がもしグンビにいれば敵前上陸だから大変な兵力と航空機でバンバンバンバンやって艦砲射撃でやられるので誰だっていたたまれない。そんでどんどんどんどんと輸送船から水陸両用でくるんだから鉄砲ぐらいでどうにもしょうがないし一個小隊ぐらいじゃ、一個中隊だって間にあわない。こっちはなにもないいんだから。命令なくして早くさがったという理由だけで自決させられてしまう。

【※岩本中尉は一〇中隊の中隊長。連隊誌には「一月八日、アッサ付近で戦死」とあるが、戦史叢書には、第一〇中隊長は「上陸した敵と接触を保ち、その前進を阻止するように命じられていたが、しかしこの中隊は梨のツブテになり、約一か月半後漸く大隊に復帰した。その後任務を放棄した責任を問われ自決」とある】

【※倉沢中尉は後のアイタペ作戦中S一九年八月一日に戦死（連隊誌）】

・ガリからウエワクまでは歩いた。
・セピック河を渡る予定だったが、ハンサに水戸で編成した兵站【※第四四兵站地区隊か】が居り、そこの中隊長の中野さんと同期生で通信将校の安島少尉が居り、「船が出るかもしれないから待ってろ」と言われたので、そのまま船に乗り湿地帯を渡らずにウエワクへ行くことができた。運が良かった。残っていた第三大隊はマダンからウエワクまで湿地帯を二つ越えて、ずいぶん犠牲が出ていた。
・連隊の編成要員となってウエワクまで来たが、ウエワクからパラオへ行く船がなく、連隊長以下一部の将校だけが再編成のためパラオへ下がった。
・この当時ウエワクには偉い人がいなかった。一番偉い人が大佐クラスか連隊長クラスで閣下がいない。師団長はみんな前線に行っていた。パラオへ行けなくなったのでウエワクで連隊の将校と一緒に宿泊していると、パラオの司令官で五一師団の兵団長になった川久保少将【※川久保鎮馬少将（陸士二七期）。一九年二月五日、第五一歩兵団長】がウエワクへ来た。この川久保少将がウエワクの総司令官になり、川久保部隊を編成して、その編成要員となった。
・そのうち連隊の再編成が終わり、パラオからウエワクへ戻って来た。この時に二大隊が乗った輸送船の東晃丸が敵にやられて犠牲が出た。行かなかったので助かったが、一緒に行っていたらどうなったかわからない。

・この時にパラオから関東軍の補充要員が来た。

・軍隊というところは将校以上が一階級上がると命課布達式がある。連隊長は各部下の進級するたびにやる。命課布達式は重大な儀式なので普通内地でやった場合は礼装で重々しくやっていた。戦場ではめったにやらないが内地の兵営ではよくやっていた。連隊長が進級した人を並べて高い台上から「天皇陛下の命により、陸軍少尉××を陸軍中尉に補す」とやる。戦地でも関東軍から補充が来た時に一回やった。

○一九四四年（昭和一九）四月二二日、ホーランジア、アイタペに米軍上陸。

○一九四四年（昭和一九）五〜六月、森山地区で再編。

・森山地区はウエワクのハンサ寄りの地域でウエワク半島からは四キロほどの場所にある。「森山」というのは四一師団がニューギニアへ来た時の部隊の名前で、四一師団の輜重隊かなにかの中隊長の名前だったと思う。他にも四一師団の騎兵隊からとった「つるまき」

という場所もあった。
・森山には上流からきれいな水の河が流れていたので宿営するのにもってこいの場所だった。

◯一九四四年（昭和一九）六月一八日薄暮、森山出発。（アイタペの戦い）

・アイタペ作戦。四月に敵さんがアイタペとホーランジアに上がってしばらくたってからこっちが行った。むこうは待っていた。
・二〇師団と四一師団、それに五一師団から我々の六六連隊だけがアイタペ作戦に参加した。今までは各師団がバラバラに戦っていて、ニューギニアで三個師団がそろって戦うのはこれが最後だった。
・五一師団の全部が行くとウエワク地区の後ろが危ないので、パラオで増強したばかり六六連隊が師団の代表で選ばれたらしい。それで我々だけアイタペへ行った。
・アイタペへ行く時はみんな所在のサクサクをとりながら行っていた。もう濾すのが待ち遠しくて繊維があるままかじっていた。ひどいもので腸の中に入ったら引っかかって出やしない。普通は水で濾して残った繊維は捨てるがそれを食べているんだから。

・腹が減っていると豚なんかも殺して皮を剥くのがもう待ちきれないで生で食べてしまう。まだ豚がキーキー鳴いているのに皮を剥いて肉を食べちゃう。それで最後には毛まで焼いて食べちゃうから、蹄から何から洗ってきれいに食べるしとことん捨てない。なあんたってもう、いままで普通に食べていた人が、半年も一年も食べないでいるとなんでも食いたくなる。もう要求するんだから、頭は関係ないんだな。目の前にあって、口に入るものは何でもいれちゃうからね。

・ウエワクからアイタペまでは一〇〇キロくらいあるが。全部歩きだった。

・アイタペ作戦の前に道路偵察の将校斥候でウエワクからブーツまで行った。距離は近いが海岸を通れないのでジャングル道をみつけろということだった。安全な道路といっても膝から下が泥の中を歩くような道路以外になかった。海岸を歩くのが一番簡単だが、敵の駆潜艇がずーっとアイタペまで並んでいて、たばこを吸っても撃ってくるから夜じゃないと歩けなかった。

○一九四四年（昭和一九）七月一〇日、金泉村到着

○一九四四年（昭和一九）七月二六日、二〇師団の指揮下に入る。

○一九四四年（昭和一九）七月二七日、第二大隊は、第一大隊長の指揮下に入る。

○一九四四年（昭和一九）七月二九日朝五時、将校斥候に出る。（沼台谷の戦闘）

・担架に横になった敵がたくさんいるところを発見した。これは患者輸送部隊だと判断し、早く攻めようと大隊長と相談して決めた。

・この時自分たちは山の上から、四中隊の薄井中隊長と予備士官学校で同期生の川辺敏三少尉は川の下から敵の正面にぶつかることになっていた。

・攻撃の時には合図をするはずだったが、その前に川辺少尉か薄井さんの兵隊が敵の姿を見てしまったので、合図なしに戦闘がはじまった。

・そうしたら敵がものすごく撃ってくる。山の上から手榴弾を放り投げたが届かなかった。するとこっちも山の上にいるってわけでいやまた撃って来る。

・敵は軽機や自動小銃ではなく火力のある重機関銃で撃って来た。中隊の川崎軍曹は大木の陰に隠れていたが、弾が木を貫いて腹部を貫通した。内臓をやられていたので後方にさがらせたが、結局ウエワクには帰っていなかった。食糧なしに怪我した人間が一人で帰ることは無理だった。

・ここではずいぶん自決した人がいた。もうアイタペ作戦になった時は、足を怪我したり腹以下を怪我した人は歩けないから、怪我をすると気の早い人はみんな自爆してしまった。とてもじゃないけど戦友の力なんか借りられない場所だった。

・衛生隊は当てにならなかった。衛生隊は危ないところには来ない。負傷した人を野戦病院に運ぶだけだった。

・各中隊には衛生下士官が一人いて、衛生兵が各小隊に一人いる。衛生兵といっても軍医の下で病気になった人に予防注射するとかマラリアの薬を配給するぐらいで、医薬品もないからクソの役にもたたなくなっていた。衛生兵がみんな先に死んでしまった。

・この時に薄井中隊長と川辺少尉は戦死してしまった。

・戦闘が終わって戦場整理をやった時に、これは輸送部隊ではなく敵の前線部隊と後続部隊の交代する場所だとわかった。前線からへとへとになって疲れてきた兵が担架に横になるようなところだったらしい。我々にとってみれば病人と思っちゃう。

○一九四四年（昭和一九）八月三日、攻撃中止命令。

・軍隊は運隊。運以外にない。アイタペ作戦の時に同じ天幕に寝ていた当番兵が破片を食って死んじゃった。敵さんは我々の宿営する時まであとをついてきて、距離をだいたい計っていたらしい。そしてこっちが寝静まった夜中に迫撃砲を撃って来た。迫撃砲の弾は木の小枝に当たっても爆発する。その破片が人間の体にすごい力で刺さる。腹部へ入ったらたまんないよもう。内出血で血なんか出ない。それでどんどんどんどん声が出なくなり、顔が青くなっていく。声も出なくなって死んでいた。その時自分にも左腕に破片が当たって血が出て濡れたので、一晩中押さえて夜が明けたら出血が止まった。復員してからその時の破片がとれた。

・その時は命拾いした。胸へでも入ったらもう一発。当番兵は腹に破片が入っていて、夜が明けてから穴がわかった。軍医に診せたら真青になって死んでいた。もっともテントにいるうちからしゃべらないから、これはだめだなあと思って、テントからはずれて山の斜面に退避したから、あんまり続けて迫撃砲がこなくてよかった。あれが、二、三発、後から来たら完全にやられていた。隣には軍医が当番兵と寝ていたが、当番兵がやられて軍医は助かった。同じ天幕でどっちも天幕は穴だらけになっていた。ああいうことがあるので運だと思う。

・東京の近歩二連隊出身の鈴木少尉が部隊へ来てアイタペ作戦へ一緒に行った。そして将校斥候に行って部下を一〇人ぐらい連れていったきり、みんな帰って来なかった。

・敵は「フィールドオペレーション」という野戦食を飛行機からパラシュートで落としていた。一日三食分、煙草、バター、チーズ、ビスケットなどが、雨に濡れても絶対に腐らないようにコンビーフのような缶に入っている。それが大きい箱に梱包して二〇個ぐらい入っていた。

・落とす時に風の向きによってはこっちに来るからそれを拾っていた。ものによっては取りに行く。彼らも取りに来るが早くとった方が持ってくる。それで箱を割って中身をみんなに分けていた。

・アイタペ作戦の時、敵の投下した食糧を中隊の兵隊が拾って分けた。すると点数稼ぎのためか、中隊長が大隊長にわたさなきゃいけないと、みんなで分けたものをまた集めて大隊長に持っていった。その時に大隊本部にいたY曹長がいくらかくすねたらしく、それが大隊長にばれて、大隊本部のみんなの前で大隊長がベルトでもってY曹長をぶん殴った。

そうしたらY曹長は敵のほうに行ってしまった。
・兵隊をぶん殴るならともかく、指揮班の曹長を大隊長とあろうものが今まで号令をかけていた兵隊の目の前で手をかけたのだから、曹長だって頭にきちゃうと思う。
・むこうへ行って帰って来ないので、大隊長はY曹長を戦死認定にした。ところがあにはからんや、Y曹長は捕虜の待遇を受け、オーストラリア本島まで連れて行かれたが日本に帰ってきて、戦後戦友会に出て来た。警戒して、「Y、今日は少しおとなしくしてろ」と仲間に言われていたが、大隊長が最初に「あの時は悪かった」と謝っていた。
・大隊長は特別志願をして兵隊から将校になった人で、成績がいいので歩兵学校へ進み、そこを卒業する時には天皇陛下から銀時計をもらっていた。それを鼻にかけていて、鼻息が荒く威張っていた。人の言うことに耳をかさないような人で気位が高く、殿様のような口をきいていて、つき合いづらかった。下手な敬礼をするとやり直しをさせられた。
・戦後大隊長が何をやっているのかと思ったら、部下の副官がやっていた炭屋の小僧になっていた。それでノイローゼになってしまったのか、復員して五年ほどしたら亡くなってしまった。だから人の一生はわからない。
・立派な隊長とは人情味のある隊長。階級をかさにきるような威張り腐っているのは人間じゃない。豊臣秀吉じゃないけど、なんでもかゆいところへ手が届くようなことをやってあげれば部下はついてくる。
・兵隊とは仲良くしていた。歩兵部隊だから、死ぬ時は一緒だという気持ちでいたから、自分の隊では食べ物でもなんでも公平に分けて、上も下も隔てなくやったから、本当に部下に助けられたし、生き残った部下はいまでも頼ってくる。
・やっぱり偉い人風をふかしちゃだめだよな。威張り散らすと一番憎まれる。ピンチにおちいった時に誰も見向きもしない。
・兵隊組織の大隊長や中隊長は、生きる気ならどうにでも生きられる。危ないところへ行かなきゃいい、こっちは命令を下す方だから。その命令を下された方はたまらない。お前あそこへ行って立ってろと言われて敵に射殺されたりする。
・人を追い越して喜ぶ人間もいるし、会社組織なんか今でもそうじゃないかと思う。
・戦闘中、中隊の兵隊が「ヒクイドリの肉が手に入った」といって持って来た。もうみんな肉に飢えていたから手を出した。それも飯盒にいっぱい煮て配給してくれたので、大隊長や連隊長にも呈上した。それから一週間もたって考えてみたら、戦闘をしている場所にはああいう動物はみんな逃げちゃっていない。「おかしいなあ、あそこの戦場で、あんなバンバンドンドンやってるところに、どうして豚やヒクイドリがいるんだろう」。

○一九四四年（昭和一九）八月一二日、五一師団へ復帰命令。

○一九四四年（昭和一九）八月一六日、金泉村出発。

・ニューギニアの戦争で一番忌むべきことは、アイタペ作戦のあたりから逃亡した兵隊が随分いたこと。逃亡しても内地へ帰れないので徒党を組んで悪いことをした。友軍の兵隊が病気になって部隊から離れてふらふらしていたのを、おそらくやっちゃったんだろう。やっただけじゃなく食べてしまった。はじめそういうことはわからなかった。

・はじめは二〇師団の朝鮮の志願兵が逃亡して始めたらしい。それから日本の兵隊が真似をしはじめた。これが全軍に波及しちゃって逃亡兵も相当出た。内地へ帰るわけにはいかないからどこかに逃げて、最初は弱っている者をいじめて物品をとって満足していたのが、しまいには食物に困って弱者をもったいないって食いはじめたらしい。それを今度は自分たちが食いきれないんで、行軍から外れて遅れた兵隊に「ヒクイドリの肉だ」と言って物々交換で売るようになった。それを知らないから豚の肉だとかヒクイドリの肉だと言われると、みんな肉の固まりを見れば食いたくなる。しばらく肉なんて食わないから、知らずに食ったらうまくてぴんぴんする。

・行方不明になって帰ってこない兵隊は、最初はワニに食われたんだろうということになっていたが、あとで軍の会報が出て事態がわかった。それで各部隊で今度は逃亡兵を探すような班を作って、自分の部隊のみならず、他の隊の兵隊も逃亡兵だと思って捕まえたら、憲兵隊や司令部に報告することになった。

・結局二〇師団の兵隊が五人ぐらい処刑されたらしい。

・行軍の途中、道端にマラリアを起こして動けない兵隊がいっぱいいた。すると「あの野郎飯盒で何杯だ」「あれは飯盒で何杯だ」と計算をしながら歩いている兵隊がいた。そういう人はもう目をつけていて、味を知っている。だから怪我して動けない人とかをみんなむしっちゃったんだろうと思う。そういうことまであって、こっちはまた飢えてるから食べてしまう。妙なもので二、三日のうちにまた元気が出た。おそろしいことがあった。

・あんなことは本当に、アメリカ軍でも、二〇師団の兵隊でもいなかったら日本の兵隊もあそこまでは考えが及ばなかったんじゃないかと思う。あれは民族的な問題じゃないか。おそろしい事件があった。

○一九四四年（昭和一九）八月末、ウエワクに戻る。

・ウエワクへきて今度は農耕をすることになった。森山地区のジャングルを一部切り開き、土人の使っていた古い農園を畑にして、サツマイモの苗を土人のところから持って来て植えた。南方では根を切って刺すと芽が生えて、一ヶ月ぐらいたつと小さいサツマイモができた。二日ばかりで芽が出た。

・ニューギニアにはヒクイドリといって、ダチョウに似ていて頭が真赤な大きい鳥がいる。大きさは子牛ぐらいの「ムルック」という。

・ナマケモノがいた。昼間は寝ていて動作がのろく、一メートルを歩くのに一時間ぐらいかかっていた。そのナマケモノをニシキヘビがしめていたりした。

・ジャングルの中にいるヘビはみんな保護色になっていて、葉っぱの色と同じになる。日本の兵隊にはどこにいるのかなかなかわからなかった。行軍をして休んだ時に、ジャングルの葉っぱが動いてたり固まりを見つけると射撃のうまい兵隊に撃たせた。ヘビだから胴体に当たったくらいじゃ落ちてこないが、五発ぐらい撃たせるとまぐれで頭に当たったのかドサーッと落っこちてきたことがあった。それっ！てわけで解剖したら中にナマケモノが入っていた。それを各分隊で分配し、ヘビとナマケモノの肉で助かったこともあった。
・極楽鳥は珍鳥だったが、部落の宣撫をしている時によく射撃のうまい兵隊を連れていって獲って食べた。極楽鳥の肉は一度に食べるのが惜しくて、生焼けの肉を一晩たって翌朝食べたら中毒になって死ぬ思いもした。
・極楽鳥はほんとうにきれいな鳥。ニューギニアの特産で特定の地域内にしかいない。交尾する時は一年に一回で、オスがきれいだった。メスを呼ぶためにオスは木の上に集まって羽を広げる。射撃のうまい兵隊はきれいなオスを一発でとった。
・土人は極楽鳥の肉は全然食べなかった。ただ踊りをするのに頭につけるから羽をほしがる。
・ニューギニアには野豚がいた。雨が降って地面がやわらかくなった日、朝起きるとジャングルの山の中をそこらじゅう鼻でミミズを掘っていた。何十匹といるんじゃないかと思うが、早くてとても射撃じゃとれない。土人は毎日ジャングルへ猟に行くが、弓だから大きい豚なんかはとれない。だけど彼らは野豚の巣を見つけておいて、豚が赤ん坊を生むのを待って、一週間ぐらいたつとみんなもってきちゃう。それで自分の母ちゃんに人間のおっぱいで育てさせる。土人はまあ一二、一三歳位でかあちゃんになる。左のおっぱいは豚用、右は自分の子供用。豚に吸われておっぱいが垂れさがっている。もう四〇歳ぐらいの女になると、子育てが終わってみんな豚を育てていた。だから豚は子供の時から人間を自分のかあちゃんだと思っていて、昼間はジャングルへ行って豚の仲間と遊んでいて、夕方になって母ちゃんが声かけると帰ってくる。そうやって育てて大きくしていた。

・豚は部落の協同のものというよりも育てたかあちゃんが持ち主になる。

・土人は豚を一頭か二頭持ってないと嫁をもらえない。嫁の親へひどいのは五頭持ってこいと言われることもある。

・シンシンという踊りがあった。なんの変化もないので日本の踊りをやっているともう彼らの踊りの輪へ入っていった時にはなにがなんだかぜんぜんわからない。あれで喜んでいる。その時に部落の豚を潰してみんなで分けて食べる。彼らの豚の食べ方を見ていると、毛だけは食べないが後は全部食べてしまう。それで彼らに刃物がないので、竹っぺらを薄ーくして、刃物と変わんないようにして食べる。ヒゲも竹で剃っていた。そういうふうに縄文時代と同じだった。

・連隊の宣撫班長になって土人の部落で暮らしていた。連隊の兵隊に食糧を配給するため、宣撫して土人の食べ物をぶんどる役目。「今我々には何にもないけど戦に勝ったら倍返しするから助けてくれ」と説得する。だから言葉をまず覚えた。
・彼らの言語はピジン語といって土人の土語と英語が混ざったもの。支那語も多少入っていたかもしれない。そのピジン語をいち早く習得するため、毎日毎日土人の部落へ行って、彼らのピジン語覚えることが仕事だった。三か月ぐらいでだいたい日常語を話せるようになった。
・師団の連隊ごとに宣撫班を編制していて、六六連隊は兵隊が多かったので大きい部落を割り当ててもらった。
・語学が出来たこととサラモアとラエで将校斥候に何回も出て生き残ったことが評価されたんじゃないかと思う。それに歯医者の免状もあったから、自分は宣撫に持ってこいだった。
・ウエワクにいる時は連隊の宣撫班でほとんどワワットという部落にいた。ワワットは大きい部落で、そこにカテヤガイという大酋長がいた。その酋長の支配下に一五、六の部落があった。
・彼らはサクサクの固まりを「パッシム」という。それを「お前の部落はいくつ作れ」と各部落に割り当てて、一ヶ月後くらいにそれを全部ワワットへ集めて今度はウエワクまで約八キロの山岳道路を、現地人の輸送班を編成して、村の土人の力がある若い衆を集めて連隊本部まで運ばせていた。往復無報酬で、やがてお礼するからと。
・彼らも我々の言うことをよく聞いてくれた。彼らの頭の毛はちぢれてるが、我々はちぢれてないだけで、目玉の色が同じだから先祖は同じだという。白人は目玉の色が違うし、我々のことが臭いから一緒に家なんか住まないという。ラバウルやウエワクあたりでも港町のほうには白人のオーストラリア人なんかがいたと思うが、ボーイには使っていても、臭いといって現地人を寄せ付けなかった。
・我々は必ず土人と一緒に寝起きして一緒に食べ物を食べていた。土人の食べ物しか食べる物がなかった。
・土人はサゴ椰子澱粉を食べていた。椰子にはサゴ椰子とココ椰子とあり、サゴ椰子の幹を割って中の澱粉をとる。一本の木からだいたい五キロぐらい澱粉がとれる。それを我々が片栗を溶くのと同じようにかゆにして食べていた。サゴ椰子は湿地帯に生えている。
・土人の農園にはヤム芋やサトイモなどいろいろな芋があり、大きい八つ頭みたいな芋もある。他に唐辛子なんかも作っていた。彼らは自分で消費する分があればいいので余計な分は作らない。

・彼らは米を作らない。サクサクかタロイモ、バナナとパパイヤ。それを自分の食べる分だけ農園の片隅に置いて作る。
・野生のバナナは種ばかりで、栽培しないと食べられない。ジャングルへ行くと、おんなじ形のバナナがたくさん生えている。だけど中を開けると種ばかりで食べるところがない。
・彼らは我々みたいにバナナを黄色くして食べない。青いバナナを葉っぱでくるんで、穴の中へ集めて土をかけ、その上に大きい焼石を乗せる。二時間ほど蒸し焼きにして、開けてみるとちょうどバナナが食べごろになっている。
・パパイヤなんかも黄色くしたやつは絶対に食べないでその飼ってる豚のエサにしていた。
・彼らには塩がない。だから豚の肉からネズミまで食べる。自分の家に罠をかけたり、ジャングルのネズミが集まるところに、いろんな葉っぱを重ねておいて、ある時にその周りをみんなで囲んで、一枚一枚重ねた葉っぱもぎとって、飛び出したネズミをムチで打って捕まえる。それで皮を剥いて干物にする。大きいネズミは干物にして部屋に飾ってあった。
・土人はたいがい喉が渇いた時に、歩いていても椰子の木に登って実を落として分けて飲んでいた。
・古い椰子の実は夜に冷えると落ちた。大きい椰子の実には一〇リットルぐらい水が入っている。あれが頭の上に落ちておかしくなった人がいっぱいいた。眉間を割られて脳震盪を起こしてしまう。そのころはラバウルにあの兵站病院があったのですぐ送った。

・椰子の実が落ちるのは二人ぐらい犠牲になってから気がついた。こりゃ危なくていかんというわけで、露営する時は椰子の木をよけて天幕を張ることにした。

・椰子の実がなるのは一〇メートルぐらいのところだから我々兵隊でもよっぽど木登りがうまい人じゃないととれない。土人はふじつるで輪を作って木に巻いて登る。木登りがうまい兵隊はそれを真似していた。

・椰子は年がら年じゅう実がなっているのと同時に花が咲いている。その蜜を大きい蟻が吸いに来ていた。それを知らずに日本の兵隊が登って、実を落としにかかった時にその蟻が体中を這ってきたので手を離してしまい、途端に落っこちて即死してしまうという悲劇があった。

・だから椰子だってそう簡単にはとれない。作業の合間に椰子の木の幹へ五発ぐらい弾を撃たせて、うまく当たると五つぐらい落ちる時があるが、よっぽど射撃のうまい者じゃないと撃てない。実に当たると水だけが落ちてきた。

・彼らは弓で鳥だの豚だのを獲っていたが、あんなものでは当たっても逃げてしまう。いくら強くても豚を殺すような弓はなかった。彼らの弓は竹の皮で、弦は藤つる。子供の時からアリ塚などを標的にして射撃訓練をしていたが力がなかった。それだから彼らは猟に行っても小さいイタチぐらいしか獲れなかった。だから我々が使う鉄砲を一番ほしがった。鉄砲をくれれば豚でもなんでも毎日獲ってやるという。だけど反乱でも起こされると困るし、こっちも鉄砲は下手にやれなかった。

・そのうちに死んだ兵隊の銃はどうせ捨ててしまうからこれを宣撫に使おうというわけで、師団長命令で宣撫用に貸せばいいということになり、毎日宣撫班長の自分の部屋で寝起きをさせて、銃の管理は下士官がやり、一日に弾を五発ぐらいと、それで狩りに行く時は、必ず日本の兵隊くっつけてやった。最初は弓の有名人の土人も鉄砲ではなかなか当たらなかったが、だんだんやっているうちにうまくなって、豚を一発で仕留めたこともあった。

・死んだ兵隊のシラミだらけの毛布を土人にあげると喜んだ。彼らは木の皮を叩いて布状にしたふんどしをつけてほとんど裸だった。中にはひょうたんをペニスケースにしてくっつけている部落もあった。あれははじめ奇妙に思った。

・現地人の男は女にもてたくて極楽鳥の羽を頭につけたがる。この羽をたくさん持っていると嫁をもらえるらしい。彼らは弓矢以外に鳥をとる方法を知らなかったので、トリモチを作ったり鳥をとる方法をいろいろ教えてあげた。
・土人はしょっちゅう口が真赤になるビンロウジュの実を噛んでいたからものすごく臭った。
・命のやりとりはみんなでお互いに助け合わなければならない。
・共同生活だから上下の関係が乱れることが一番困る。軍紀風紀の維持は集団生活のためにはどうしても必要なものだった。
・古参兵に向って反抗することは絶対にできない。もっとも反抗できるような社会では命令通り動かない。
・兵隊の中には地方ではやくざだったりテキヤだった者もいて、たまに反抗する者もいた。そういう兵隊は制裁を受けて一週間ももたなかった。
・日本の軍隊の良いところは初年兵の時から叩き込むから軍紀風紀が徹底していたところ。そのため指揮がしやすかった。それから上官の命令は天皇陛下の命令だと、あれが一つの落とし文句だった。
・軍隊組織のいやなところは階級制が尊大なところ。人権なんてものはあったものじゃない。特に士官学校出身者や志願して兵隊を商売にしている職業軍人が一番威張っていた。

彼らは理屈で通らなくても通してしまう。理論はこうだからといっても通らない。だから矛盾だらけだった。

・大学の教授だとか検事といったインテリ階級は兵隊に出てきたらほんとにまるで虫けらと同じ。一銭五厘野郎と言われていた。ほんとに矛盾だらけだった。

・古い人には一兵卒から将校になった人がいた。そういう人は階級は上だが横文字一つ読めなかった。軍隊記号にはよくアルファベット使うがそれさえ読めない。現役志願をした下士官の中にも字が読めない人がいた。

・士官学校出身の職業軍人はまったく独善だった。特に大隊長が戦闘嫌いな人だったらたまらない。将校斥候へ行く時には敵の状況でなく、「敵さんの食べ物を持って来てくれ」と頼まれる。それで帰ってきて状況を報告すると、「そんなわけねえじゃねえか」と言われる。それで自分は防空壕の一番奥に入ったきり出てこないで、おしっこまでビンにして当番兵に出させている。こっちは見て来たことをそのまま報告しているんだから、普通なら「じゃあ自分で行って見てきな」と言いたくなる。それでも上司の言うことは絶対だから意見することはできない。それで状況判断ができないのに命令を下すんだから矛盾している。だから出さなくてもいいような犠牲を出させて、とんでもない負け戦をしょっちゅうやっていた。ああいうのが日本帝国陸軍の実情だった。
・風紀を厳しくするのは当たり前だが、日常生活の隅々までああだこうだ言う必要はない。特に戦に行って望郷の念にかられた人間に、きついことなんかかわいそうで言えない。人の前に立つとこれみよがしに余計に威張り散らして部下をいじめていい気になってる人間がいるが、ああいうのを見るとほんとに蹴飛ばしてやりたくなる。やっぱり軍隊社会は閉鎖社会だった。
・日本軍は実戦に出た人の体験を生かさない。敵の兵器にはこんなものがあると言っても、「そんなものは古臭い」とか言って、自分たちの持ってる物が一番最高だと思っている。だから相変わらず三八式の歩兵銃。あれは一発撃つたびにカチャンカチャンやんなきゃいけない。相手にしたアメリカでもオーストラリアでも自動小銃で、引き金をひくと続けて二五発出る。あれ見ても分かるよ。日露戦争以来、天幕でも鉄砲でもなんにも改造していない。入れたのは軽機関銃と重機関銃だけ。軽機関銃だって二、三発撃つとつっこみを起こしちゃって弾が出なくなる。それで自分達のは世界一優秀な兵器だなんて、一対二五じゃ話にならない。こっちが一発出すうちに二五発も出てくんだから。彼らは狙って撃つんじゃなくて敵が前にいるかと思うと、四方からやられないように、二五発、こう引き金引いて、鉄砲こうやってまわすだけで、弾がバラバラバラバラバラーッと出る。それだからこっちは囲まれたと思っちゃう。そうじゃない二五発出るんだから。こっちはガチャガチャガチャ一発ガチャガチャ一発だもん。ターンとやって後からまた次これやんないと出ないんだ。それで菊の御紋付いてあるから、鉄砲はお前命の次に大事にしろなんて。菊の御紋もヒマもないよあんなもの。あれ内地の演習であんなもの、菊の御紋に錆びなんかやったらとんでもないよ、ビンタくってなあ。あの兵隊がなくなってよかったよほんとに、威張ってしょうがないよあれ勝ったらなあ、偉い人は勲章ばかりくっつけて。ねえ。戦したって一番後ろにいた師団長だの、軍司令官が金鵄勲章だなんて、冗談じゃないよねえ、敵の姿も見ないで勲章貰って、ねえ昔のあの、武将と同じだよ。だから日本の軍制なんてのはああいう軍閥がほんとに悪いことして国亡ぼしたけどあたりまえだよなあ、あんなものは。
・部下のビンタをとるのは下士官だった。下士官も現役志願した人ほど張り切っているというのか、現役だぞとばかりに人がやらないことをやって喜んでいた。「お前ら二年もたてば家へ帰るんだろ、俺は一生兵隊で暮らすって人間だから」という連中は、ほんとに下の者に対しては威張り散らす。上の者に対してはへーこらへーこらおべっかばかり使う。見ているとそういう戦術だった。

・医学生の時、衛生学の先生が講義のたびに「人間は絶対に水火の洗礼を受けたもの以外は口にするな」と言っていた。その先生は支那事変の最中にしょっちゅう衛生学の案内に行っていた先生で、これは衛生学の本筋から離れてるんじゃないかと思って聞いていたが自然と頭に入っていた。兵隊に行ってはじめてこの先生の言うとおりだとわかった。特にニューギニアの海岸沿いでは沼が多くてよどんでいるので普通水は飲めない。大きい大河でも飲めない。しかし水だけはどこにいっても飲まないといけないので、水火の洗礼というからなるほどこれは沸かさなきゃいかんということで、どこへ行っても実行して兵隊にも徹底させていた。そういうことがよかったんじゃないかと思う。部下には戦友会で「隊長に水火の洗礼、水火の洗礼と言われたんで、生水をガブッと飲もうと思ったのを飲まなかった」と言われたが、そういう人は生きて帰って来た。むこうではほとんどの人が赤痢にかかったが自分はかからなかった。粘液便は出したけど赤痢じゃなかった。もう粘液便を出して三日も続いたら栄養が悪いから参っちゃう。そこへ四〇℃のマラリアが三日も続く。

・あの当時マラリアをやると淋病の人も熱で治った。そのかわり氷もないし水はよくないし頭を冷やすこともできないからかわいそうだった。ひどいと脳症になって頭へきちゃってきちがいみたいになってしまう。

・四〇℃の熱が続くと黒水病といって黒い小便が出る。そうすると時間の問題。「あ、これ黒いから穴を掘れ」ということになる。ひどいもんだねえあれ。

・東大の医学部の教室にいた先生が軍医として召集されて来ていたが、脳症を起こして医者なのに頭がおかしくなって、マラリアの薬を全部兵隊に渡し、海へ入ったきり帰って来なかった。兵隊でもずいぶん脳症を起こした人がいる。

食料調達

ニューギニアの土人（今は差別用語になるのかもしれないが当時はそう呼んでいた）は、非常に日本軍には好意的だった。

彼らは日本人の目の色や髪の色を見て

「同じ黒い色をしている、われわれの先祖は同じだ」

という。彼らは、白人に虐げられているという意識を持っていて、

「われわれにもう少し教育があり、力があったら白人に立ち向かって戦いたいが、それはできない。日本軍ははるか遠くから海を越えてやってきて、われらの代わりに戦ってくれている、ありがたい」

という気持ちがあるから、食料をわけてくれたり、寝かせてくれたりした。同じ屋根の下で同じ食料を分けて食べる。白人は絶対にそういうことをしないから、兄弟のような親戚のような親近感を持ってくれたのではないかと思う。

私は連隊の宣部班の長だった。これは平たく言えば、現地の土人と友好関係を結んで食料調達や作戦に協力してもらう為の交渉係のような役目だ。任命されたのは、学歴があった

ことと、医学的知識があったからだろう。部下は一〇から二〇名ほどいた。いくらジャングルでもやたらなものは口にできないから、まずは土人から何が食べられるかなどの情報を得る必要があった。

彼らの暮らしはとてもシンプルで、家財道具は素焼きの壺くらい。日本の歴史でいえば弥生時代くらいの生活スタイルだったと思う。

主食はサゴヤシと言ってその樹の繊維からでんぷんを採って食べる。湿地帯に生えている太い幹を倒して、縦に木を割って中の繊維をたたいてこしてという手間のかかる作業があるんだが、これは保存したり持ち運ぶにも都合がいいので、だいぶ供出してもらって前線に送った。木を倒すまでは男の仕事で、あとは全部女の仕事だ。どの村も女は忍耐強くで働き者だったな。

他にはタピオカ、タロイモなどのイモ類。カボチャや青いバナナ、パパイヤなんかもあったが、日本で食べているものとは全然違って甘くもなんともない。野生の春菊のような葉物がたくさん自生していて、これはビタミン補給になると、おひたしにしてよく食べた。

補給の無い軍隊なんて軍隊とはもはやいえないが、現地調達しなければ戦うどころか生き延びるすべがなかった。だから現地の土人の信頼を得ることや食料の現地調達は、重要な任務だった。

彼らも大量に食料を生産しているわけではないし、貴重な食料を分けてもらうには、物々交換で交渉した。我々が持ち込むのは衣類や備品だが、それも豊富にあるわけではない。で、どうしたかといえば、死んだ兵隊が身に付けていた服や毛布を持っていく。彼らにとって布は貴重品だったんだ。いろいろ工夫して食料調達に知恵を絞った。

貴重といえば、彼らにとっては極楽鳥の羽根だ。

あれは昭和一九年四月頃のことだった。我々の前線基地があった東部ニューギニアのワワットという部落の近くに、交尾期の極楽鳥が集まる場所があって、ある時、彼らに頼まれたので、数羽の鳥を銃で撃ち落とした。長くてきれいな羽根が目当てで、彼らは決して肉は食べない。

彼らの唯一の娯楽はシンシンと呼ぶ踊り。月の出る晩、村人みんなで、楽しそうに踊る。男たちは色とりどりの極楽鳥の羽根を付けている。羽根飾りを付けるのは男だけで、たくさん身に付けているほど女にモテるというわけだ。

そんな貴重な羽根をもつこの鳥を、土人は神様のように思っていて食用にできないのだろう、とその時は勝手に解釈した。なにせこちらはめったに肉を口にできない兵隊たちだから、ならば、と焼き鳥にして肉を食ってしまった。

これが大失敗だった。二日目に中毒症状を発症。嘔吐、下痢を繰り返し、しまいにはしびれが出て、まさに七転八倒の苦しみで意識が遠のいた。あんなにひどい食あたりは後にも先にも初めてで、もうこれで一巻の終わりかと思った。

翌朝、なんとか意識を取り戻して命拾いした。今でもあの時は、我ながらよく助かったなあと思っている。とにかく兵隊は食糧の補給がほとんどないんだから、なんでも口にしてしまう。腹が減っては戦ができぬ、とはまさにあのジャングルの日本軍のことだ。極楽鳥の失敗を轍に、現地での食料調達任務はますます重要かつ注意を要するものになった。

補給がなかったのは他の戦地でも同様だったことは後に判明したが、特にガダルカナル島は、ほとんどの兵士が餓死したのだからひどいもんだった。もっとも、当時、詳しい戦況は知らされてなかった。我々がニューギニアに行く前、ラバウルにいた時に、ガダルカナルからも傷病兵が送られてきて、そのひどい衰弱ぶりに驚いた。軍の説明では、「玉砕した」というものだった。当初の予定ではわが部隊もガダルカナルに行く予定になっていたが、もうすでに輸送船もなかったから、結局行くことは無かった。玉砕というときれいに聞こえるが、実態は、マラリヤや感染症による病死、戦闘で傷を負っても満足に薬もなく、自決用の手榴弾を置いていってもらえればまだましな方、それさえなくて放置される。挙句の果ては餓死だ。ガダルカナルに行っていたら、自分も命は無かったと思う。

ニューギニアでの戦闘は、ガダルカナル同様、ジャングル特有のマラリヤも多かったし薬品や食料の補給がほとんどなかったから、戦闘で被弾したらほとんどが助からなかった。しかし、現地の土人は、本当によく協力してくれたから、我々は何とか食いつなぐことができたのだ。特に自分がいた東部ニューギニア、セビック州のワワット族には有力な大酋長がいて、彼がいくつもの部族に声をかけ、若い土人一〇〇人ほども集めてくれたことがある。前述したサゴヤシの塊のことをパッシムと呼んでいたが、ヤシの葉にくるんだそのパッシムの塊を、若い男たちに担がせて、海岸にいた前線部隊まで運んでくれた。量は一石ほどもあった。米俵にしたら十俵分以上という大量。彼らにとってパッシムは大切な主食だ。しかもどこから集めたのかと思うくらいの若い土人がいっぱい集まって、ジャングルの中をはるばる海まで運んでくれた。自分の村以外の土地を遠出することなんてめったにない彼らなのに、一大事だったと思う。

その時は大いに感激して、

「こちらには今、満足に交換するものもないが、やがて平和な時がきたら、必ずお返しするから」

と、大酋長に感謝の気持ちを伝えた。

終戦から二五年後、昭和四五年に遺骨収集団としてニューギニアを再訪した。ウエワクからは、ジャングルの道なき道ではなく、車が通れる道路ができていた。あの大酋長は生きていて、再会することができた
日本から背広やらパールのビーズやら彼らが喜びそうな土産をたくさん持っていった。とてもその時のお返しを十分にできたとは思っていないが、彼らは大喜びしてくれた。
戦争という最悪な状況の中で、彼らが見せてくれた誠意は、感謝してもしきれない。国の大きさや身分の上下は関係ない。人間にとって一番大切な「信義」というものを彼らから教わった、と思っている。

届かぬ手紙

昭和一九年四月ごろ、食料、医薬品、武器弾薬、戦況悪化で輸送船も出せなくなり、物資がほとんど来なくなるようなひどい状況で、当然手紙なんぞは全然届かなくなっていた。戦地の兵隊は、自分宛の手紙の存在など知る由もない。戦地への手紙では、忘れられない強烈な思い出がある。

片桐軍医の事だ。彼は東大医学部を卒業し、法医学教室の研究生の時に召集を受け、ニューギニア二大隊付きの軍医として配属された。二五歳独身。自分も独身で歳も近く、歯学を学んでいたから話も合って仲良くなった。日本では、人のつむじと指紋に関する研究をしていたということで、土人との食料交渉に行く私についてきて、ひそかに住民の頭のつむじと指紋の調査をしていた。私も少し興味を持って、カナカ族の第三大臼歯（親知らず）の萌出数を記録したりしていた。もちろんこれも上には内緒だ。

そのうち戦闘に付いていくと言い出した。共に戦いたいと言う。もちろん他の軍医は猛反対だ。それでも付いてきてしまうんだから仕方ない。こちらは怪我させてはならないし、まともな訓練を受けているわけではないから。大いに困った。

軍医というのは、部隊の後方に控えているのが常識で、一緒に行動したり、まして戦闘に同行したりということはあり得ないし、許されない。が、片桐軍医は違ったんだ。東大まで出ているインテリなのに、変わり者というか義侠心があるというのかな、今思えば、あの時代の若者独特の熱さがあったということかもしれない。

何しろその頃にはもう武器弾薬も不足しているわけだから、戦闘で死傷者がたくさん出るというようなことよりも、マラリヤの蔓延の方が深刻だった。兵隊がマラリヤにやられると、片桐軍医は携帯しているマラリヤの薬を飲ませるわけだが、自分の分まで与えてしまう。軍医である以上、自分の薬は死守しておく責任があるのだが、それをも与えてしまったものだから、ついに彼自身も倒れてしまった。三日も四日も四〇度以上の発熱が続いて、ふらふらだ。それでも数日はなんとか付いてきたが、ある時、ハンサという海岸を行軍中に、発狂したようになってしまい、うわ言を叫びながら海に向かってどんどん歩きだし、入って行ってしまった。マラリヤは怖い。最終的に脳が侵されてしまう。ずいぶん海岸を捜索したが、それっきり、片桐軍医は見つからなかった。

その後、連隊再編成でパラオに集結した時、片桐軍医宛に大量の手紙が送られていたことが判明した。ニューギニアまでは、船がなくて届けられなかったのだ。私宛にも三通ほど父親からの手紙が来ていたが、片桐軍医の手紙はすべて恋人からのものだった。私信といえども軍隊に届く手紙は内容を確認される。彼女は学習院卒の二二歳であることがわかった。手紙は三〇通ほどもあったか、どの文面にも、逢えないつらさや、あふれる想いが切々と綴られていた。

「死んだ後に届いてもなあ」

と、可哀そうで可哀そうで、あの時ばかりは大隊のみんなで泣いた。

大義ではなく信義

戦争で生き残るということは、目前でたくさんの人間の死を見てきたということだ。

アイタペ作戦時、私は左肩に弾を受けて負傷したが、命は助かった。が、隣にいた当番兵は腹に被弾して、内臓出血であっという間に死んでしまった。運命の明暗はほんの数センチの差でしかない

また篠原という軍曹は、鼻から耳下に弾が貫通し、大丈夫かという問いに受け答えができ

てはいたものの、話すたびに鼻からブワっと血が噴き出す。本人はやられた自覚がないようで、ちゃんと話はするのだが、それが段々噴き出す血の量が少なくなってきて、声も弱くなってくる、そして顔は真っ白に近くなって、それで終わりだった。さっきまでしゃべっていた目の前の人間が、あっという間に死んでゆく。

そして死んだ兵士の背のうを調べてみると、不思議なことに食料が全くない。兵士に配給される食料というのは、その日に食べる量、残しておく量を厳しく命令されているはずなんだが、なぜか死んでいく兵士はその直前までに食べきってしまっている。これはなぜか皆が皆、そうなんだ。食料が残っていたためしがない。死の予感というものがあるのかもしれないな。

敵兵の死体を調べに行くこともあった。

アメリカ兵は、必ずポケットに恋人や妻の写真を入れてある。ある時、アメリカ兵の遺体を調べていたら、ポケットから、シドニーの映画館の入場券が出てきたことがあった。シドニー経由でニューギニアに派兵されたのであろう、この目の前の若いアメリカ人が最後に観た映画のチケット。それを見た時。つくづく思ったな。

「なんでこの人たちと殺し合いをしなくてはならないんだ」って。親の仇でも何でもない人間を殺す意味がどこにあるんだろう、と。

戦争には目的も大義名分もない。軍隊とは人殺しをさせるところだ。日本から六〇〇〇キロも離れた所に連れていかれて、メシもまともに食えず、殺し合いをさせられる。あまりの空腹に、豚肉が手に入りましたという言葉を信じて、人肉を食ってしまったこともある。仲間をやられた腹いせに敵の遺体をさらに切りつけたこともある。忌わしい記憶は簡単に消えてはくれない。九五歳になった今でも戦争の夢を見る。戦争の実体験をこうして　語れるようになったのはつい最近のことだ。目をそむけたくなる出来事でも、それが戦争の実態である以上、伝えておこうと思う。

命をかけて戦った経験を誉とは思っていない。この世界を、縦、横、斜めに見る目ができたと思っている。だから単純に軍隊はいらないとも思わない。世界には独裁者も強欲国家もないとはいえない現実がある。だからこそ、軍隊のあるべき姿をよくよく考えるべきだと、私は思う。

国と国、人と人は同じだ。

実力以上に背伸びをしてはいけない。欲を欠かずに礼節を重んじること。互いに信頼し、尊重し合うことが大切だ。

国を、人を、守る為の軍隊とは何なのか、小さな争いの種について原因は何なのか、よく突き詰めて考えなければならない。若年人口が減り続けている日本に戦争はできない。かといって何の軍備もしなければ侵略され、国は無くなってしまうかもしれない。これからの若い人にはそこのところをぜひ真剣に考えて欲しいと思っている。

そして、国や人種が違っても、人間と人間同士、信義を尽くすことだ。

○一九四五年（昭和二〇）六月ごろ、陸戦隊の教育にあたる。

・海軍の陸戦隊（かきうち部隊）がカイリル島から一個小隊だけ軍司令部の護衛で来ていた。陸戦隊は名前だけで戦闘はしたことがないという。命令でこの陸戦隊を指揮することになった。海軍の部隊を陸軍の将校が指揮したことになるがこれはめずらしいこと。号令のかけかたから何から違った。

・陸戦隊にジャングル戦の訓練をした。水戸の連隊からも広瀬という同期の将校が来た。

・訓練の内容は今までに体験したこと。例えばもう絶対に声を出すなと、じっとしていれば敵は来るから、一人で二人ぐらいは必ずやれるから逃げるなと。彼らは必ずこっちの姿か声を聞くとめくら鉄砲で撃ってくるからそれに脅かされるなと。実際自分の小隊でマラリアで動けない人を穴を掘って中に入れて敵さんを殺したのがいっぱいいた。敵が目の前に来るまで撃つなといって、こっちの陣地の五〇メートルぐらいの先に穴を掘って鉄砲をもたせて中へ入れる。それで確実だ。目の前に来たやつを撃ったからねえ。一発で敵が悲鳴をあげるとみんな逃げちゃう。逃げてからめくら鉄砲で弾が飛んでくるんだけど、木の陰にいれば絶対大丈夫。だからかえって丈夫な兵隊よりも病気の兵隊、マラリアの兵隊を穴ん中へ置いたほうが戦果は上がった。でも海軍の連中に言わせたらとてもじゃないがそんなことできねえってわけ。だから逃げる時は木の間をぐるぐる回りながら逃げれば、絶対に弾は当たたんねえからと、当たったって木で防いでくれるからねって。

・豪胆な人ほどやられる。病人のほうが戦する時に穴掘ってやればいいんだから。穴だって、掘った土がわかるように置くとわかっちゃうから、埋めるように穴ん中へまた土をかえしといて葉っぱを据えてやっていた。

・中隊ごとに中隊長がどんな考えをしていてどんな戦闘をするかは違う。自分はほとんど常になぜ人殺しをしなきゃいけないのかと思っていた。だから将校斥候にしょっちゅう頻繁に出されたが、危ないところへは行かせなかった。たいがい敵がいそうなところは音で分かるから、まわりを迂回させ、敵の宿舎へ行って食べ物や武器をかっぱらってこらせたりしていた。だいたい食べ物が多かった。

・誰のために戦うといっても、兵隊だって歳をとってるからみんな馬鹿くせえと思っている。死んだって穴掘って埋めて墓標作ってくれるわけじゃないし、そんなことを毎日目にしているから、「なんでこんなこと遠くまで出て来てこうなんだ」ってよくひそひそ話をしてるよね。それはほんとだよな。

・母ちゃん子供がいる兵隊が一番かわいそう。寝ても起きても子供のことばっかり一番心配してるもん。だから兵隊行くのにはチョンガーで独身で行くのが一番気楽。死んだって心配してくれるのは両親くらいだから。母ちゃん子供がいる人は自分で責任があるし、かわいそうだよあの人らはほんとに。命あってのものだから。

○一九四五年（昭和二〇）七月ごろ、第六六連隊第一中隊長が部下の軍曹に射殺される。

・そのころは軍司令部に行っていたのであんまりわからなかったが、後で聞いたらその中隊長は下士官の食糧をピンハネしたらしい。それで下士官が怒って中隊長ごとやっちゃったので、その下士官も即銃殺された。

・射殺された中隊長は特別志願の将校で部下には非常に厳しかったらしい。応召前は栃木県の県立中学の配属将校をしていた。

・もう一人部下にやられた人がいた。その人は昭和一九年に関東軍からやって来た足利出身の主計将校だった。当時六六連隊の製塩隊長をしていて、海岸で塩水を煮たてて塩を採っていた。それで一緒に塩作りをしていた兵隊に寝ている時に銃殺されたということだった。その人も威張っていた。あんまり威張っていると兵隊に狙われてしまう。物がない時だから威張るだけじゃなく兵隊の物を横取りしたりピンハネしたらたまんない。

○一九四五年（昭和二〇）七・八月ごろ、ビラが撒かれる。

・ビラがしょっちゅう落とされていた。そこには捕虜になった連中が実名で語っていて、「私はこんなところで十二分にごちそう食べて元気です」と書いてあった。「あの野郎生きてたのか」、「これはデマだ」、「デマにしたってほんとの名前どうして知れる」というわけで疑心暗鬼だった。

・みんな拾い集めて便所の紙にしていた。

○一九四五年（昭和二〇）八月、原隊に帰される。

・もう我々のいた軍司令部の周りまで敵が来ていて弾が飛んできていた。それで各連隊から一個中隊ぐらいずつ精鋭部隊を編成させて軍司令部の周りで戦わせていた。微々たるものだったが敵の方でも犠牲を出したくないのかいっきには攻めてこなかった。

・終戦前の戦闘は弾もないので敵に切り込ませていた。軍司令部へ行っていたのでそういう実戦はやらなかったが、行ったきり帰ってこない人がいっぱいいいた。戦線に行く途中に具合が悪くて引き返した人が、帰ってきてから大隊長や中隊長に敵前逃亡だと言われて銃殺されてしまうこともあった。ずるい中隊長や大隊長は自分で殺さないで部下にやらせる。むごいやつだよ点数稼ぎだよなああれは。ひどいもんだよ。

・軍法会議なんかなかった。そんなものは制度だけのことだった。

・斬り込みに行ってずいぶん死んでいる。行って帰ってこない。最初は敵の炊事場あたりに行って残飯を拾ってきたり、それから毛布をかっぱらってきた者もいるらしいが、そんな程度でだいたい行って帰ってきたのが少ないらしい。もうあれは決死隊だった。

・最後のウエワクでの戦闘では、軍の自動車部隊だとか飛行機関係の航空部隊も歩兵部隊にされてしまい、そうした部隊の中にはアメリカ兵の死体を食べちゃって最後の戦犯でひっぱられた人もいる。

〇一九四五年（昭和二〇）八月一五日、終戦。

・敵の飛行機も飛んでこなくなった。「ソ連が参戦した」、「日本降伏せり」などと書かれた宣伝ビラがまかれていた。

・これで威張っていた人がもう威張らなくなるだろうとホッとした。大隊長でも連隊長でも中隊長でも現役の偉い人には部下を犠牲にして自分の点数を上げることしか考えない人がいた。その犠牲になっちゃうからほんとに兵隊がかわいそうだった。軍隊はほんとに矛盾した社会だった。士官学校を出た将校はなるべく危ないところへ行かなかった。将校斥候などはほとんど我々予備役の予備士官学校を出た将校が行っていた。なんたって昨日行ったと思ったら、また翌日将校斥候に出させられる。しまいには大隊長に報告すると、「そんなわけないだろう」と言われる。自分さえ助かればあとはどうでもいいというぐらいの気持ち。そこまでいくと図々しいというよりも人間じゃない。

・ヤンベンで連隊を全部集めて軍旗を奉焼した。金属でできた旗竿の菊の御紋の部分だけでも持って帰ろうと言ったが、天皇陛下のものだから敵に渡ったら困ると全部燃やしてしまった。軍旗は古かったので房と棒だけだった。みんな燃えて影もかたちもなくなってしまった。

・武装解除を受ける前に時間があったのでワワットの部落へ行った。すると現地人も負けたことを知っていて、「ソーリーソーリー」と泣いていた。それで「帰るのか」ということで豚を一頭つぶしてシンシンを踊ってくれた。「今度大きい船で必ず来るから」といって別れて、戦後二五年程たってから遺骨収集でその村へ行った時に真珠の首飾りをたくさんおみやげに持っていってあげたらすごく喜ばれた。
・武装解除はウエワクで受けた。彼らがほしがったのは日本の万年筆、寄せ書きの日の丸、それから日本人の女の写真。家族写真にはたいてい女が写っていたからそれをほしがった
・武装解除をしたのはオーストラリアとアメリカの一部で、アメリカの二世が多かった。みんなハワイの二世で日本語がペラペラで、将校にも下士官にもいたので言葉に不自由しなかった。だけど軍刀から眼鏡、軍隊手帳でもなんでもみんなほしがってとられてしまった。磁石でも時計でも持っているととられてしまうのでみな隠していた。
・終戦後はウエワクの先のムッシュ島へ軍全部一万人が集められた。
・九月いっぱいムッシュ島にいた。

○一九四五年（昭和二〇）一〇月ごろ、作業隊長に選ばれる。

・ムッシュ島で各部隊から丈夫な者約二〇〇人が作業隊にひっぱり出され、ウエワク本島へ連れていかれた。この作業隊の隊長になったが、医者を労働に服させてはいけないことを豪軍の隊長は知っていて、捕虜名簿の職業欄にドクターと書いてあったのをみつけて、「このドクターに労働はいかん」ということで労働をしないことになった。しかしせっか

く来て遊んでいるのもなんだから、インタープリターで通訳をさせてもらうことになった。通訳といってもむこうから今日の場所は何名、ここへは何名と割り当てをこっちで聞くだけで、数を間違えても彼らはこっちを信用してあんまり数えなかった。
・作業は道路工事、橋架け、船の荷下ろしなど。
・豪軍はちゃんとむこうの立派などんなスコールがきても漏れない天幕をくれて、床はちゃんと上げていた。トイレはドラム缶のカラのものを六つくらいそえて、半分だけ使って残りは燃やしていた。
・逃亡兵が出ないようにキャンプには鉄条網張ってあり四隅には監視兵がいた。
・船に荷卸しへ行き、ハッチの中へ入って毎日船の荷下ろしや荷積みの作業をしていた。豪軍の兵器を積んだりオーストラリアから運んで来た食糧をおろしていた。
・船のハッチに入ると食べ物がなんでもあった。オーストラリア米、リンゴやいちごのジャムの梱包、たばこもあった。
・ある日、オーストラリアの憲兵が船の中に入ってきた。すると自分の着ていた服を海に脱ぎ捨てて、船の中にある新しい服を着はじめた。それを見ていたので、こっちの兵隊も一部は一生懸命仕事をさせて、二人か三人が泥棒専門となり、たばこ、砂糖、メリケン粉、米を盗ませた。ジャムは空の水筒を持っていかせてその中へいれ、砂糖や米はひざとズボンの間にいれて盗んでいた。キャンプには便所を焼く薪がいくらでもあった。それだから飯盒の水でもいくらでも湧く。

・そのうちにむこうの命令で自分たちで炊事をすることになり、むこうの大きな釜を持って来て、二〇〇人くらいの炊事班を作った。

・キャンプの横には沼があった。ゲートをくぐってその沼へ入るとすごく大きな貝がいっぱいいた。足で触るとゴロゴロしている。毎日その貝を掘ってこさせて汁を作った。

・船のハッチから持って来た米を集めてドラム缶で煮炊きした。

・作業隊にいた佐々木兵長は全身に彫り物を入れていた。道路工事をしていた時、あんまり暑いので裸でやっていたら、それを豪州の監視兵が見てびっくりしちゃったらしい。彼らも腕に錨やハートに矢が刺さっているような簡単な刺青をしていたが、佐々木兵長は昭和一〇年くらいに浅草の有名なところで彫ったらしくすごいものだった。それから日本の作業隊に彫り物をいれためずらしい者がいると話がひろがって、日曜になると見たいという人が集まって来た。最初は仕事の関係などでしぶしぶ見せていたが、オーストラリアの隊長にも呼ばれ、これはめずらしいから作業に出さないで少し見せてくれないかということになり、それから協議して見せ料をとって見せることになった。むこうの隊長が大目に見てくれるから三人は作業にいかないでよかった。
・最初のころは煙草を何本かとって見せていたが、しまいには「これで見せてくれ」と自分の着ていた軍服を持って来るようになった。
・股には枕絵、脛には般若の絵が彫ってあった。股は特別料金をとって見せた。オーストラリア兵もどこにどんなものがあるか知っていた。女の兵隊も来るようになって、毛織のパンツだとかズロースだとかをとって見せた。
・しまいには特別に描いてやるからハンカチを持って来いと言って、白いハンカチをもってこさせて、絵描きの兵隊が絵を描き始めた。最初は赤チンで色をつけていたが、色が出ないので絵具を持って来させた。日本の感じを出すのに四畳半のふすまと富士山を描かせて、女と男が交歓している絵を描いて、その後ろに屏風を描き、屏風の後ろに富士山を「MT・FUJI」と書く。
・みんな缶入りのたばこをくれるから吸い切れなかった。あのたばこがまたおいしかった。
・キャンプにいた豪軍の隊長が日本に進駐することになり、日本語を覚えたいから日本の兵隊を一人こっちにテントによこしてくれというので、自分の当番兵の〝くろさわ〟軍曹をやった。日本に行くから日本語を覚えたいというわけでむこうは一生懸命だった。その隊長も親切で、当番に靴だのいろんな古くなったものをもたせて、しまいには骨付きの羊肉を持たせるようになった。毎日毎日羊の肉が配給になるそうだが、彼らはあんまり食べないという。当番が帰るたびに羊の肉を包んで持って来たのでキャンプにいたみんなでわけていた。

・オーストラリアは羊の国だけあって野戦に使う毛布も我々のとこへ支給していた毛布も本物の毛の毛布だった。靴下でも本物の靴下を二足も三足も平気でくれた。物持ちの国ってのは違うと思った。

・羊に関してはなんでも豊富だった。だから毛布も我々がむしろを敷いているようなもので、当時の日本で一枚三万円も四万円もするような毛布を野戦で平気で捨てていた。作業隊に行った時に当番兵に毛布を三枚ばかり余計にもらってこさせて復員したら妹が嫁ぐ時に二枚ぐらい切ってオーバーにしていた。

・おもしろいことキャンプに行ってからみんな太ってしまった。ムッシュ島からキャンプへ行くときは帰って来られないということで水杯をして行ったが、逆にムッシュ島に帰る時は豪軍の服装だった。みんなかっぱらってきていた。

・ムッシュ島ではニューギニア本島に送り出した連中はもう帰って来ないとすっかり諦めていて、我々が残した荷物でもなんでも整理しちゃったらしく、帰ってきたらなんにもなかった。

○一九四六年（昭和二一）一月一五日、氷川丸に乗船。

・乗ったとたんに氷川丸の船長が歯をふくらませて寝てしまい、スピーカーで「復員兵の人の中に歯医者さんはおりませんか」と放送があった。船には医者はたくさんいたが、歯医者は自分一人しかいなかったので診てもらいたいと迎えがきた。船には医者がいないだけでちゃんと歯科の治療室があって看護婦がいる。それで今晩からここでいてくれということで、当番兵と二人で蚕棚に寝ないですむことになった。さっそく船長の治療をしてあげたら一晩でケロっと治っちゃった。

・ニューギニア本島とムッシュ島で、意識不明のマラリア患者など七、八人をかかえこんでいた。フラフラしていた人も一〇〇人近く収容した。

・波止場のすぐ横に兵站病院が作られていて、ここで日本の軍医が交代で日本の兵隊を治療していた。毛布でもベッドも全部オーストラリアの施設で、ああいうところはオーストラリアも人道的だった。
・オーストラリアがうるさかったのは戦犯だけだった。戦犯容疑者は容赦なくマヌス島へ連れていかれた。ニューギニアからは戦犯は出なかったが、後に内地へ帰ってからチンプンゲ事件といって、チンプンゲという部落を四一師団の一個中隊が兵隊をやられた腹いせに部落民を殺害した事件の裁判があり、中隊長は一〇年か一五年くらいの刑を受けることになった。戦犯となったのはそれだけで、軍司令官安達中将は裁判の証人には連れて行かれたが一切の罪を負って自決したので裁判にはならなかった。

○一九四六年（昭和二一）一月二四日、浦賀へ上陸。

・あのころは復員船のはしけの手伝いをしていた人に、内地で兵隊が終わった陸軍士官学校の六〇期あたりの人が多かった。軍服を着たままはしけの人足をやっていて、同級生が降りて「なんだおめえなにやってんだ」と言ったら「人足だ」なんて。
・階級は上陸と同時に効用がなくなって見るも無残だった。連隊長以下職業軍人は、別れる時は泣きの涙だった。職業がないんだから職業軍人はかわいそうだった。職業軍人は、浦賀へ上陸して一番つらかったろうと思う。階級章をつけていても仲間のうちにしか通じなくなって、浦賀へ上陸したらもう一兵卒と同じ。なんのクソの役にもたたない。それで社会へ出て見たらもう吹く風は冷たくて、公職追放令で軍人は何の職業にもつけなかった。
・浦賀へ来るまでは組織は崩れなかった。職業軍人の中にも悪い人ばかりでなく、兵隊の気持ちや家族の気持ちも分かる人もいた。そういうことはおおっぴらに出すと仲間にうとまれてしまうから出さない。内緒にして小出しにしていたから聞かなかった。
・船を降りて宿になっていた久里浜の海軍工機学校まで歩いた。途中八百屋で大根がいくらするのか聞いたら一本一〇円だと言われてびっくりした。昭和一六年ごろは一本一〇銭か五銭だった。
・寒いところへ帰る人には軍隊の外套をくれたが、我々宇都宮あたりは東北じゃないからくれないというので、マラリアで寒くてしょうがないからくれと言って兵隊にももらってあげた。工機学校の横の倉庫に陸軍の兵隊の外套がずいぶんあった。
・当時ラジオでどこどこの連隊がどこどこに復員しましたと放送していたらしい。それで父親が実家の最寄駅まで迎えに来ていた。だけど一番終点の駅まで行っちゃって、親戚の家に一晩泊まってあくる日に帰った。もちろん死んだと思っていたらしい。
・軍隊にいた四年間、給料を全部留守宅渡しにしていたのでずいぶんたまっていたが、貨幣価値が半分以下に下がってしまったので驚いた。
・呉に進駐してきていた捕虜収容所長に会った。すると「おかげで助かります」と言われた。日本語の日常会話はキャンプで覚えてきたらしい。聞くと当番からトイレに行く時でもいちいちこれは何と真面目に勉強していたらしい。こっちの兵隊もあまり英語が出来ないので、日本語を教えたらそれを覚えて書いていたから助かったと言っていた。
・一番つらいのは予備士官学校を出た同級生で一緒にいった二三人が二人しか帰ってこなかったこと。途中で近衛師団から来た人もみんな死んじゃった。どこで死んだかわからない。ほんとうに彼らはかわいそうだった。

●最終階級：陸軍中尉

□参考文献
・「○二部隊誌：歩兵第六六連隊誌」／基部隊○二会（※篠田さんの寄稿の手記が三編記載）
・戦史叢書

二部

戦場にて

厚生省収骨派遣団参加に際し

厚生省東部ニューギニア戦没者遺骨収集派遣団員の一人として、去る昭和四八年九月一八日から一〇月二〇日に亘る一ヶ月参加、無事帰国致しました。

丁度四年前、戦友会実施の収骨派遣団員の一人として参加したので、旧戦場に三度足を踏みつけたわけです。というのは、五年前戦友有志の一人として戦後初めて東部ニューギニア戦跡調査と慰霊を兼ね訪ねし戦場に、何の因果か、今回も部隊代表として選ばれた次第です。

戦後すでに二九年、吾々部隊の初陣の激戦地は三一年の歳月を経て居り、大方の遺体はすでに土に遷化、辛うじて装具等に附属する金具等が錆びついたまま原形を保つ程度で、歴史の中に埋没しつつあります。が一方、現地人達の加護の下に手厚く葬られたる遺骨や、標高四〇〇〇メートルを越ゆる高山地帯に於て、散華の遺骨等は場所により殆んど完全に収骨が出来た、など、熱帯圏に在る島の様相も一様ではありません。

今回は国の、国民の世論に答える収骨と相成ったので、一民間団体の事業ではなく、直接担当の厚生省が実施した点に大いなる意義を含んでおり、今後漸次大平洋戦争全地域の収骨作業が、国家予算により年次計画として実施される見通しが出来た事は、誠に国民の一人として嬉ばしいことでございます。

今回も亦筆者並びに矢野金吾氏の厚生省戦没者収骨派遣団参加に際し、同窓会会長初め会員諸氏より贈られました御厚情御芳志に厚く御礼申し上げる次第です。

十字星の下に

みたびわれ赤道越えて南溟の島に散華の遺骨を探す
十字星見るも最後と決意せし上陸地点に夕顔の花
戦野すでに片鱗もなし合歓並木座して語りぬパプアの民と
すざまじきスコールに逢い夜もすがら焚火囲みて衣服乾かす
酋長は寛大にして遠き日のいくさにふれず死者を悼みぬ
錆びつきたる背嚢の吊環五銭一〇銭貨遺骨とともに掘り出す
追尾せる敵に射たれて死にたると老酋長は遺骨掘り出す
丸太橋渡るわが脚ふらつけばパプアの女等声あげて笑う

キャラバンに嬰児抱きて荷をはこぶ山岳部族の若き妻どち

激流にまなこくらみてたじろげばわが手を引けるパプアの子達

担送終り列を正して約束の貨幣受けとるパプアの男女

夕暮れて山焼く炎ひかり増すねぐらにいそぐ大群のからす

砂糖黍かじりながらの小休止わが荷をかつぐパプアの少女

卓上にマンゴー熟れて夜のしじま焼骨前の遺体とねむる

古き皮袋に

昭和一〇年前後僕は欝勃たる気持で毎日東京の空を眺めては、どうしても東京に出て勉強したい執念の虜だった。

四〇年前の東京も現在と同じ、学術、芸術、文化、の中心地に外ならず、志ある青年のあこがれの都会であり、学の殿堂でもあった。

幸か不幸か東都遊学が実現した昭和一二年は待望の念願が成就したよろこびと、感激で、今でもあの日、あの年の印象を忘れることが出来ず折にふれ回想している。

爾来太平洋戦争を境に学業にひとまずピリオドを打ち、従軍、復員、東京進出――現在と幾多の変遷を経て、回想する第一の眼目は当時抱いた大望が決して無駄ではなかったと言う点である。

当時の潮流は「青年よ銃を執れ」に尽き、血気盛んな青年の多くが志願してまで生活の場を兵役に置換える程、狂乱怒濤の時代でもあった……にもかかわらず僕はひたすら吾が道を往く決意の下に歯科の道に突入したのである。

そして敗戦とともに幾多の同窓生が戦陣に或いは職場に於いて幽明境を異にした数多き

中からはみ出し、生を維持し平和を満喫しつつ世の為人の為、ささやかなる奉仕に明け暮れる現在は、或いは過去の経歴から推せば奇跡であるやも知れず、反問するならば天命の然らしむる所でもあろうか？　或いは自ら求めた学問の余慶か、何れにしても移りゆく世相とともに今尚青春の英気を失わず大きな理想の燈を燃やしつづけ、「一隅を照らす」努力を堅持している。

母校の齢五〇を過ぎ、すでに三とせを加えるとき、はからずも同窓生諸彦の推戴に依り今回会長に就任致しました。

素より浅学非才其の任に非ざるを充分熟知しております。

幸い私を中心とする副会長初め理事、事務局等のスタッフが地元に於ける有力メンバーでありますので意を強くして、光ある茂高同窓会をリードする覚悟でおります。「古き皮袋に新しき酒を注入する」責任も充分自覚し、同窓会発展の推進役に挺身致します。一層の御協力御指導を賜わり度く願いあげ挨拶と致します。

縁（えにし）の糸

復員した私の所に遺族の方が訪ねて来た。生井英俊氏も息子介君のことで早々に来た一人であった。

生井中尉は昭和二〇年三月一日戦死と父君に伝えた。特に数少い将校の戦死だけに詳細に伝えた。

今から五一年前二月のことであった。最近発刊された茂木町史第四巻第三節に、須藤村分村運動、の標題で内容が詳しい。終局には当時の国情の下、中止となったのであるが派遣団の指導者名に、生井英俊と記されているので、ふと復員直後生家に於ける面談時の生井さんに相違なく、しかも派遣家族の団長、幹部、三名の家族暦の明示に、生井氏はみゆきさん（四六）との間に四男二女あり、長男介君は第一線で御奉公中の誉れの一家と記されているに及んで生井介君と父英俊氏であることを確認した。戦争を介して父子（おやこ）の生きざまが鮮明である。須藤村の分村計画が実施されていたら果たしてどんな結末を招来したであろうや。

昭和一九年四月、ニューギニアに於て生井少尉（当時）が隊長で、ブルプ島派遣が発令された。兵力は一ヶ小隊、無線分隊、曲射砲一門の編成であった。今更何の目的で派遣か不明であった。悪条件下準備を完了出発を待った。ところが五月一〇日突如軍命で派遣中止となり生井隊長以下ほっとしたことは言うまでもない。私は当時派遣する立場、生井少尉は派遣される立場に在ったので彼との交流が深かったのである。（同連隊ではあったが兵団司令部に勤務した為）

勿論内地に於ける父君の分村計画中止のことなど知る由もなければ、戦地に於ける息子の孤島派遣中止のことなど知る由もない、遠く離れた父子（おやこ）であった。現今（いま）、父子のたどった奇しき運命の糸を垣間見たようで面映ゆい。神のなせる業であろうか。ともに集団の責任者として決心した総てが氷解し、ひととき安堵したことであったろう。生井少尉は南十字星の下悠久の大義に殉じた。すべて戦争が生んだ悲劇である。いま過去を追想すると永い人生に起きたドラマが夢である。平和が貴重であり再び悪夢は見たくない世紀の永続を希ふや切である。過日の総選挙で同窓生の犠牲者が出たことは誠に残念至極お互切磋琢磨の必要を痛感する。平常心の堅持を特に要望し一九九七年を邁進しようではありませんか。

一九九七年一月五日記

奇縁

二〇〇〇年一〇月佐野スパルタ倶楽部が発刊した大澤龍雄氏追悼─大澤駅伝五〇年史に、戦友であった大澤君のプロフィルを同期生会誌に私が追悼文をしたためたことから今回五〇年史に掲載されている。

茂木高校駅伝チームの優勝記録も明示してあるので当時の原稿を再録人生の奇縁の一端を紹介します。原文のまま

九分二五秒二─大澤駅伝由来記　前橋陸軍予備士官学校第七期生篠田増雄。パラオ諸島アンガウル島で玉砕した同期生、大澤龍雄君を知る人は少なかろう。不世出の名ランナーで、特に三〇〇〇米障害に秀でていた。昭和一五年神宮外苑競技場にて九分二五秒二の日本新記録を樹立した。以降戦後の昭和二六年八幡製鉄の高橋選手に破られるまで実に一一年間記録保持者であり続けたのである。栃木県佐野中（旧制）日本大学の陸上選手として活躍、箱根駅伝の常勝者でもあったが、特に三〇〇〇米障害での金字塔が光っている。東京五輪が幻となり候補選手であっただけに切歯扼腕、他日を期してスパイクを銃に更えざるを得なかったわけである。第二中隊三区隊の大澤はさすが競技人らしく、宛ら黒豹の如

き敏捷さで戦友をリードし寝室の人気者であった。

卒業と同時にチチハルの第一四師団歩兵第五九連隊に配属、昭和一九年初頭南方移転となった。同年一二月一七日アンガウル島に上陸した米軍と激戦、同月三一日一〇九名の中に交り大澤も皇国の無窮を念じ南溟の島に散華したのである。年紀僅かに二〇有六。

好漢誠に惜しみて余りある哉であったが、昭和三五年に至り大澤の偉大な業績を敬仰、追悼したいとの気運が起り、永く彼のアスレチック精神に学ぼうと、佐野市、教育委員会、スパルタクラブ(佐高OB)の三者主催により「大澤龍雄追悼駅伝競走大会」が設立された。本年の一月大会まで実に三七回の大会を実施して彼の遺徳を顕彰すると倶に栃木県内及び両毛地帯の青少年の体力強化と精神の浄化に大きな役割を果し来た。今や佐野市に於ける年中行事と化しつつある現状には今は亡き大澤龍雄の霊を些かでも慰めるものと吾々同期生も誇りに思っている。因みにこの駅伝に参加するチームは中学、高校、一般の三部門となっている。毎年一月佐野市に大澤駅伝が開催される度に在りし日の彼が神宮競技場で日本新記録を樹立した劇的なレースをこの眼で見ている小生には感慨一入なのである。前橋陸軍予備士官学校第七期生会誌(昭和六二年発第二二号)より抜粋、と結んである。

来年は母校創立八〇周年である。節目の歳を記念して後世に示すべき事業を考究中です。

二〇一世紀初頭に当り諸彦と倶に健勝で前進出来ることを念じ、つたないエッセイを披露しました。笑覧下さい。

二〇〇一年一月九日記

実行委員長　篠田　増雄

母校の発展を期して

——同窓会会長として——

逆川小学校創立百周年記念誌

昭和五一〇年二月二〇日印刷
昭和五〇年二月二六日発行

編集者　栃木県芳賀郡茂木町逆川小学校
創立百周年記念事業実行委員会

発行者　栃木県芳賀郡茂木町逆川小学校
創立百周年記念事業実行委員会

印刷所　栃木県那須郡烏山町金井二—二—五
吉成印刷
電話〇二八七八　二—二六八八

追想しきり（逆小歳時記）

春

校庭や招魂社の桜が満開の頃には一年坊主も少しは学校がおもしろくなってくる。四月一六日には招魂社のお祭りと、春季運動会が毎年おこなわれた。農の方もさして忙しくないので、春の運動会には、結社中半分位は物見遊山をかねて集ったのではなかろうか。

重箱のおもさによって在学生徒数がわかる程、あの頃はどこの家にも二～名位の在学生徒がいたと思います。

日露戦争で金鵄勲章の手柄をたてた、大和田音吉さんが招鵄祭と運動会の名物男だったと記憶している。

加藤ハル、宇賀神キク、大根田カク、藤山キセ各先生はいづれも羽織袴が通常服で洋服を着た生徒は一人もいなかった。

網川医者が人力車で往診したこともなつかしい。二人曳以上に会うと「ジャンボ（葬式のこと）」が出来ると噂したものだった。

人力ひきのしげるさんは青年団のマラソンのとき、人力をひくフォームで走るので有名だった。

夏

校庭をかこむように桜の緑蔭は、しばしば野外教室にもなった。朝の会礼のとき「デイシキ」の代ちゃんが、ドタット倒れたことがありみんながぶったまげた。あの頃は毎朝四時頃起きて、「サゲ針」かけに熱中したから、学校におくれる時には朝飯も忘れてかけつけたのだ。

「秋の目白とりも同様」、深沢の祇園が近づくと深沢の連中は鼻息が荒くなる。どこそこのノミとり祇園などと云っていばったものだった。二台の山車が盛装してはやしながらねり歩いた。兼松芝居は野天の舞台で夜明けまでつづいた。夏休みが終わる頃、トウモロコシの食べ過ぎで下痢したのも、わたくし一人だけではあるまい。

秋

峯前のたんぼに赤とんぼが飛び交う頃には一町三ヶ村の競技会が話題だ。とくに逆川が三連勝した秋の選手、応援団の努力は最高潮だった。勝田実先生をコーチとする選手団のあつみは他町村の羨望の的でもあった。石島武男、大崎光晴、神山清、飯村章臣、清宮角三郎、大関七郎、川田愛子、清宮良子、鈴木あや子選手など印象に残る。

一方、片岡信蔵、坂本七郎治、飯村孝義、飯村米吉先生などの率いる応援団も八幡様に参詣して　かみのおつげをきいたらば

今年も逆川、勝ち、勝ち、カチ　カチ　の

大声で会場を圧倒し、秋空に輝く焼森のふもとの母校に凱旋したものだった。

冬

通学路で苦労したのは、深沢、福手、並柳とも互角かな。飯地区の人達がうらやましかった。特に「なりかみどう」と「とんでっぱら」は霜どけ時にはどろんこ道で苦労した。そ

こで田んぼ道や山みちなど多少遠廻りでも芝道を求めて歩いた。おかげで脚力にはみんな自信があった。

また、川岸に「頬白罠」をかけこれが学校帰りの楽しみでもあった。旧正月には旧部落で、ワーホイに熱中した。娯楽の少なかったあの頃の正月を待つ気持ちは今でも本当になつかしい。そして恋しい。

石沢の二階造りの坂道は馬車ひき泣かせの難路だった。冬の凍った朝などこの坂で登校途中馬車のあと押しをしたこともある。

一世紀の齢を重ねた逆川小学校の前途に栄あれと祈る。

※茂木町立逆川小学校一〇〇年記念誌『百年のあゆみ』より引用

※文中「デイシキ」とは台式が正しく地方弁の発音で「デイシキ」と呼びます。

これは地方で通用する「屋号」です。

※「サゲ針」：地方の子どもがする漁法の一種です。

別名、置針とも言います。

躍進しよう

教育近代化の波は五〇年の年輪を刻みたる吾が母校をして驚異的隆昌を招来した。その結晶が珠玉の如く「躍進の像」に象徴されたものと絶句するも過言ではあるまい。実にすがすがしい気分である。そして次代を担う人間を力強く練成する一大道場としての任は重く、責は大である。

「ローマは一日にして成らず」という。人間教育の途は遠い、半世紀の年輪に立脚して寸秒も休むことなく明日への前進の為にも、後輩達に大いなる希望と抱負を与える為にも、母校を有する吾々の責務も亦重大であることを自覚し、同窓生の連帯を深め、真理の探究に指導的立場を有志の教職員各位との交流を計り、相倶に一層の飛躍を期さねばならないと念ずる次第である。

未来は永劫

昭和の年代も半世紀を越え三年目を加算した。日本の歴史に於ける天皇在位の新記録であると言ふ。この在位記録の功罪はともかく、日本が世界注目の裡に、昨年夏以来円高ドル安の現況はたとえ輸出産業、不振の一因を招来しているとは言ふもの丶大勢から見るときに日本の円が世界に冠たる実力を如実に示現したことで……敗戦国の姿であった三三年前には夢想だに出来得なかったことである。勤勉、実直に、働き過ぎをアメリカあたりから散々指摘されつ丶も、日本人的経済生活の結実が今や世界の経済戦争で日本は完勝したと、言うも過言ではないだろう。すぐる太平洋戦争で徹底的に連合軍に依り「いじめ」ぬかれ「牙」を抜かれたはずの吾々は現今経済戦に於て彼等の。「のど」を締め、のたうちさしているのが現実の姿ではなかろうか、吾が茂高同窓会も半世紀を過ぎやがて六〇周期を目前にしている。近来同窓生諸君の各分野に於ける活躍発展は眼をみはるものがある。個々の詳報を記すれば枚挙にいとまがない。誠に慶賀に耐えないと同時に地域育英の実績が花咲き、花ひらきつつあるのである。同窓生諸君未来は永劫である。力強く自信を持って進もうではありませんか。

『雑草のごとく』

一月一九日母校校長室に於て中山正先輩の訃報に接した。わが同窓会の逸材を失った損失は大きい。生前豪放磊落、積極果敢にすべてを律した存在に同窓会の期待があり、その可能も充分と信じて来た丈に、ショックの波は高い。今や幽明境を異にしてしまった。謹んでご冥福を祈る次第である。最近連日のように自殺の記事を目にする。青少年の自殺は幾つかの事件が引き金となり、連鎖反応を起こしているのだと私は思う。

しかし、それもあるだろうが、むしろ「死」が世間一般に流布していることに要因があるのではないだろうか。

例えば、新聞を読めば、自殺の記事があり、流行の推理小説でも人はたやすく殺され、道を歩けば、「死亡事故発生現場」という恐しい立て札が立っている。テレビでも、それが端的にあらわれている。ニュースで死亡事故について報道があり、ドラマでは自殺、刑事ものでは殺人が日常茶飯時である。これでは「死」が潜在意識の中に植えつけられない方が変ではないだろうか。

青少年の自殺の顕在化は大きな社会問題であり、マスコミが取り上げるのは当然かもしれない。しかしそれが逆に自殺を増加させているのではないだろうか。「死」を考えることは必要であり、「死」という表現を使うなとは言わないが、もう少しこれは自粛して使うべきである。

われわれの幼なかったころは、三食食べさせてもらうだけで精一杯。ましてや現在のような、ゆとりはなく家庭での精神教育も、健康で社会に迷惑をかけなければよいということで、警察ざたなどは論外だった。

明るい時、親の顔を見たこともなく日常生活では半スパルタ式に親の生活ペースに従ったものである。兄姉は、親の補佐役として留守を守り、昼は弟妹の保護観察をして悪いことでもしたら、夜親に報告され、きつい制裁を受けた。

現在は、親が子供をペット的存在にして、育てているから自立心がなく、一歩親から離れると社会に同化出来ず、自分という主体に外部が同調するかのように思い、あやまった考えを起こす。

祖母殺し少年の自殺などは、戦中派のわれわれの時代には聞いたことがない。

国家、家庭の中で教育を通じて結ばれる何か得がたいものが欠けていると思う。この辺で大人もＧＮＰの高さに甘えず国民運動としてめいめいの自省が必要と考えられる。あのコンクリートのわずかなすき間から、根を張って伸びていくたくましい雑草を見るたびに生命力の偉大さを痛感させられる。時にはしかったり、体罰も必要である。踏まれても、踏まれても、すくすく伸びてゆく雑草のように、育てよと大声で叫びたい。

昭和五七年は、母校創立六〇年の記念すべき年である。この年輪を讃えるべき諸行事を如何に展開するか、同窓会員の衆知に期待する。

元中山正会長の業績を讃える

弔　詞

生者必滅、会者定離、これは浮世のおきてとは申しますがこのたび突然にも元茂木高等学校同窓会長中山正先生の急逝にあいましたことは、私たち同窓の友といたしましては、余りにも大きな支柱を失ったこととして限りない深い悲しみを覚えると共に、いまだに先生の死が嘘のように思えてなりません。

旬日前までは、会の発展のため共に語り努力し合って個人的にも親しく接しておりました先生の慈顔がほうふっと眼前に去来しまして未だにその逝去がうなずけないのであります。

それ程に先生は私達会員にとりまして温い親密な友でありよき指導者であり又、会員の誰れも心から胸襟を開いて語り合った最も信頼し切った同窓会の中心でありました。

先生には一六年に亘る長い間、同窓会長として会発展に身を以て尽瘁されましたことは、不肖私がここで喋々するまでもありません。私達は、この悲しみを何と表現してよいか言葉に窮します。

ただただその霊前に深く感謝のこうべをたれるばかりでございます。私達は、先生の遺された数々の大きな業績の基礎の上にそのご遺志をついで、会のため世のため微力ながら誠意と真心をもって奉仕することを誓うものでございます。

人生は、短かく事業は長しと申しますが、先生の遺業を会員一致協力して達成することを御霊前に誓い悲しい本日の別離の言葉に代えさせていただきたいと思うものでございます。

祝典序曲高鳴りぬ

昨秋、待望の創立六〇年記念式典を、学校当局の熱烈なる努力と綿密なる計画の下に、見事完遂出来たことは関係者の一員として感謝に耐えません。関係各位に対し厚く御礼申し上げる次第でございます。

この記念式典を一つの節目として、更に母校の歴史が、未来に向け限り無い前進を、不断の誠実と努力によって継続するであろうことは、言を待たない所と確信して止みません。

特に、式典当日の盛儀は言うに及ばず、前日生徒諸君の演出に依る前夜祭は、各種デモンストレーションの展開があり、誠に圧巻であって、全同窓生の観覧を乞い、母校の躍進と未来の期待とを認識していただく絶好の機会であったと、いまだに其の機を逸したことを残念に思っております。

吾々世代から見た今日の教育現場は、誠に充実し頼母しき限りであります。

この集団が次代を推進する原動力である限り、日本の将来については毫も悲観する必要はないし、また地域開発のリーダーにも事欠くことも先づ心配ご無用でしょう。

今正に吾が後輩達は、精進努力して六〇年の年輪の中に、教育の成果を如実に具現して呉れました。

感謝の気持でいっぱいです。

小生も老骨に答打ちつつ、遠く建校先哲の志に想を馳せ、常に吾の今日在るは母校故なることを忘れず、母校隆盛の捨石たらんことを念じ、微力をささげる覚悟でございます。

母校はやがて現在地を離れ、新天地に移動する形勢が濃厚となって参りました。同窓生一丸となってこの大事業推進に声援を送りその実現を期し、母校発展の礎石を確立しようではありませんか。

惜別の賦

昭和の世代が六〇年（還暦）を迎え、益々充実した国民福祉政策に邁進している姿は日本人として喜びに耐えない。母校においては今年度から新校舎建設が開始され、永年の懸案であった老朽校舎での非衛生運営や防音、防災等の事項が解消されることであろう。はからずも昨秋開催された、学校祭のテーマ「故きを顧みて新しきに臨む」にふさわしい展開である。

茲に顧慮すべきは古きを失う同窓生の惜別の情が凝って、現図書館を移転、保存、すべしとの声である。昨年来県当局にも吾々の主旨を篤と訴へ、この実現に努力はしたものゝ種々の問題を包含して必ずしも目的達成の確証はない。尚一層保存運動を強力に進めて、唯一つ、歴史と伝統の殿堂を確保したく念じております。同窓生各位の御協力を更に御願いする次第であります。

尚、同窓会事務局長として多年に亘り、本会発展の推進力者でありました、押久保二男君が三月勇退すること丶なりました。誠に同窓会の逸材を失う、惜しみて余りある所であります。同窓生一同拍手を以て同君の余生に栄あれを贈ろうではありませんか。

茂木ハイツ成る

いつの時代でも先見の明をもつ先哲の実績は悠久に輝き、後につづく者の指標となるものである。

今回完成を見た茂木ハイツの、優雅、清潔な姿に接し、胸中を去来するものは、帝都の一角に位置を占めしかも高級住宅地に将来を託して現在地を取得した、故羽石庵先生の慧眼と郷土育英に対するほとばしる熱意が結集した一大遺産と称しても過言ではない。

旧茂木寮は完全に脱皮をなした。偉大なる足跡に改めて敬意を表する次第である。加えて基盤の上に立ち、其の運用は現在茂木育英会理事長をはじめ構成員の顕著なる御努力が結集した結果に外ならない。

我々同窓会にとり茂木ハイツの完成は待望久しかっただけに感激一入なると同時に、今から直ちに後輩諸君の首都東京に於ける勉学の拠点となり、将来の大成を期する場ともなるのであります。

人材の育成は無形の要素が大でありますが、この茂木ハイツは有形であり、後輩諸君が必ずや他日大をなす揺籃の地ともなりましょう。

来るべき新世紀に飛躍する人士の育成こそ同窓会の大きな使命でもあります。

茂木ハイツ運営の円滑、明朗な進行の為にも同窓生諸氏の一層の御協力を期待する次第です。

全国高校駅伝大会出場を称（たた）う

古都の都大路を韋駄天となり走り抜き、競技場にアンカーが雄姿を現した瞬間、熱涙がほとばしるを禁じ得なかった。師走二一日全国大会に県代表として母校チームが出場、県民と母校の期待を一身に受け最善の活躍を遂げたのであった。

この快挙は母校の歴史に永久に彫刻され、永く称えねばなるまい。

これは後輩選手諸君等の日頃の精進と栄冠目指しての血と涙の結晶に外ならないからである。全国大会の桧舞台に堂々と駒を進めた母校チームの雄姿をあの開会式に於て直接この眼で確認出来、翌日の大レースを現地に於て追跡して更に感激を重複したのであります。

甲子園のみが世に喧伝されて居りますが、他の全国大会に選ばれて出場する斗魂と努力に改めて敬意を表すると共にいかに代表の座が難関であるかを痛感させられたのでありま す。今大会に初出場は二枚で母校はその内の一校であることを見ても判断出来ることでしょう。駅伝競技はチームワークで一人や二人の傑出した選手だけでは成立しない競技だけに層の厚さを要求されることは当然であります。監督を中心に駅伝の伝統を願わくば持続されんことを同窓各位と願はずに居られません。

当日京都は快晴、全国代表を支援する群衆は競技場に「あふれ」、沿道亦、市民の声援充満する。出場選手の父母達も吾子を応援すべくはるばる西下、学校長、ＰＴＡ会長、直井副会長、木村桔梗会長等一団となり声援有終の美を収め得たのである。当日応援団席に京都栃木県人会の田城守夫氏夫妻が同席声援された、田城氏は矢板高校一回生で駅伝大会出場三回のベテランＯＢで現在京都在住だが毎年全国大会には県代表を激励応援に参じているとのこと（前日宿舎に選手諸君を訪れ平安神宮お守りを恵贈された。）沿道に於ても然り、多数の県人が郷土の代表に限り無い熱い声援を古都の空に向けて咆哮したことであろう。

夢に

昨年暮れの京都に於ける第三九回全国高校駅伝大会の模様はテレビを通じて終始熟視、第三七回大会に母校チームが初出場時の感激が、再び湧き返るような気分ではあったが、何か一抹の淋しさは否めなかった。

そして年毎に記録を更新する若き青春のエネルギーに敬服するとともに全国各地区代表の、出場回数を見るとこれ亦連続一〇年、二〇年の伝統を堅持する強豪がひしめいている。特に関西、九州地区に伝統校が多く、関東以北、北陸、では少ないのも特徴のようだ。最近では初出場校が極めて少ない。こんな状勢の中で母校チームが県代表として、都大路を走り抜いた快挙は痛快であった。

今後も捲土重来、青春の華を、母校の伝統として一層深めていただきたいと切に願う次第である。

それにしても伝統を築き、維持することの如何に重、且つ大、であるか、高校駅伝のたびに痛切に身に応えるこの頃である。

このことは駅伝のみに限らず、高校競技すべての分野に通ずる処世訓でもあろう。

新装成った学舎に満足することなく更に伝統育成の飛躍を期せられんことを。

星霜七〇年

校歴七〇の年輪を刻み平成四年一〇月を期し祝典を挙げるべく、予てより準備に邁進した精進の結晶をいよいよ開花し、開校以来築き、高揚し、鮮明にしたもろもろの事蹟を天下に明示する秋を迎えたわけであります。

この七〇年の軌跡を謙虚にふり返り先輩、諸賢の洞察力と地域育英の必要性に着目して幾多の困難を排除して今日の隆盛を招来した努力は賞讃以外の何物でもありますまい。

建校に際し誰れか、この隆盛と伝統の蓄積を想像したことでしょうか?。時代の趨勢に翻弄されつつも風雪に耐え、寒暑に処しさながら育成された大樹の如く、仰景の存在となり、弦に古稀の寿齢いや校歴を迎えたのであります。

同窓生各位とともに慶賀に耐えない所であります。

特に母校の特徴は先見性か地域の要望か、開校以来一貫して男女校として成長し内容に於て若干の試行錯誤を繰り返しましたが、理想通りの体制を維持して七〇年、今日共学体制が確立。ゆるぎなき伝統校の面目を遺憾無く発揮し前進中に注目すべきでありましょう。

唯一残念なのは発生母胎たる農業科が消滅した事実であります。時代の要請に抗し得ず伝統の灯を点じつづけることが出来ず惜しまれつつ消え去る運命となりました。関係者の心情察するに余りある所でございます。

二一世紀を目前にした現在あらゆる点で日進月歩、ひとときたりとも油断のならない時代であります。世界いや地球上の変革は日常のニュースの示す通りであります。来るべき世紀に飛躍する推進力となる人物を育成する母校の存在も亦大きく、新たなる教育理念の下に羽搏かねばなりません。地域と学校と関係者が緊密なリレー体制を以って、更に八〇年、一〇〇年の校歴を刻みつづけられんことを祈念し、この秋記念式典をおごそかに施行出来ますことを念じ大方の御協力を切に御願い致し挨拶といたします。

創立七〇周年記念式典特集

実行委員長挨拶

大正一一年茂木町立実業補習学校として呱々の声をあげ爾来星霜七〇年の年輪を刻み、本日茲に記念式典を挙行する運びに相成った次第でございます。

七〇年の校史を振り返りますと幾多の紆余曲折と試行錯誤を経て今日の姿に成長したわけでございます。此の間、地域社会は勿論のこと多数の指導者の訓育と熱意に依り地域育英の発展にいささか乍ら寄与建学の精神を発揮出来たことを内心誇りと信ずる次第でございます。本日この式典を実施するに当り記念事業の幾つかを企画立案実行いたしました。実施に際しまして同窓生を始め地域の有志の方々に対し浄財の御寄附を仰ぎました所、折柄経済状況不振の季（とき）にもかかわりもせず大方の讃同をいただき所定の事業を計画以上に実行出来得ましたことに対し此の席上衷心より感謝の意を表する次第でございます。

この七〇年の歴史を寿ぐに際し改めて先覚者二人の遺徳を偲び霊前に今日の隆盛とます

ますの発展の姿を御報告する次第であります。初代校長の寺門金彦先生の教育者としての願望が当時の地域育英の必要性と将来像を見とうしされた熱意が時の町当局並びに指導者層を促して前述の年月日に本校が芽生えたのであります。寺門先生こそ開学の父と言ふも過言ではありません。亦教育畑より転じ町政に参画され茂木町長として活躍されました羽石庵（いおり）先生の存在でした。敗戦直後、混乱の時期に教育一〇〇年の計を思案し、当時青雲の志を抱き上京し大成を期する青年の住宅確保が最大の急務である点に着目。東京の地に土地を取得。茂木寮を建設し、この寮を據点に住宅の不安を解消し今日優秀な人材を社会に輩出しつつあり、先生の念願であった茂木寮も発展を遂げ、現在鉄筋四階近代設備の完備した理想通りの運営をつづけて居ります。

二人の先覚は何れも教育界出身で改めて教育の遺徳に感銘深きを感ずる次第です。過去の歴史を振り返りともすれば忘れがちの二人の先覚者をあえて紹介し七〇年史のひとこまにスポットを当てた次第でございます。

本日栄あるこの式典、並びに記念事業実施に際し学校当局に於ては、学校長を始め特に教職員の並々ならぬ御努力に依りかくも盛大に挙行出来得ましたことに対し実行委員長として万腔の謝意を表する次第でございます。当事者のみが知る御苦労を傾注され舞台演出の言うならば裏方に徹されました教職員各位に厚く御礼申し上げます。
国家社会の歩みと倶に学校は運営され、次代を荷負う人材を育成するのが目的でありま す。公立学校として今後の発展は主管する県当局の方針や国の施策に負う所でありましょう。
本日御臨席の国政、県政に参画の先生、教育委員、後援会の諸先生におかれましては従来に増して母校の発展と推進の為、格段の御配慮を賜りたくこの席より御要望致す所でございます。
亦本校校長として御盡力下されました諸先生方並びに旧師の諸先生、慈顔あふるる姿に接し感激新たであります。この式典参列を機に尚一層鶴声の程をおねがい致し、母校の彌栄と来賓参会者各位の御健勝を祈念致し挨拶といたします。
七〇の年輪尊し吾亦紅
平成四年一〇月二九日
栃木県立茂木高等学校創立七〇周年記念実行委員長　篠田　増雄

万物流転

平和裡に平成五年を迎え慶賀の至りでございます。そして突如として皇太子妃決定のニュースが流れ（一月六日）国民待望の願いが実現し喜びに耐えません。今年こそは吾が人生に明るい吉報が訪れることと、ひそかに念ずるのは、あに万人の胸中ではないでしょうか。生きる以上吉凶を気にしつつ大自然の中を泳ぐことも試練と思えば大した苦労でもありますまい。

生老病死は絶対に避けることの出来ない生物の宿命でありますから素直に受け止め、古今東西の流布された生活の智恵や歴史に立脚して向上に努めより良き人間として充実した一生を遂げたいとの気特が加齢とともに深い今日この頃です。

さて、昨年実施した創立七〇周年記念式典並びに記念事業は企画立案等に再三検討を加え最終的にベストと判定の下実行したのでありましたが、欲を言えば限り無く、反省する点も多々ありますが予定のプログラムを消化し念願を達成した心境であります。

此の間同窓生各位の母校愛に徹する浄財の寄附、役員、ＰＴＡ、後援会とチームワーク良く円滑に進行し、また母校教職員各位の献身的努力に依り大きな目標であった各事業が達成され改めて厚く御礼申し上げる次第でございます。

舞台の主役が脚光を浴び、舞台裏では裏方に徹して黙々とそれぞれの配備に全力を傾注する立場がとにかく、忘れられる存在……これが世の常であります。主役も裏方も表裏一体の緊密な連係があってすべてが成り立つ現実を深く認識して確実な演出の下、舞台を華やかに盛り上げる信頼関係を永続し双方とも対等の評価を浴びることこそ同窓会活動の中心でなくてはなりません。

母校の隆盛とともに更に次に来るべき節目の記念式典等に想いを馳せ時勢に対処すると同時に、同窓会の基本方針を堅持しゆるぎない母校愛と団結を一層強化すべく責任の重大さを再確認した次第であります。

そしてセレモニーの後に残された精神的遺産と、造型物遺産は即日、母校に学ぶ後輩諸君に無言の教訓となり、この成果は結実して世に裨益するであろうことを信じて疑いません。

時々刻々流れて止まぬ歴史の潮流の中で校史七〇年を越え一九九三年以降限り無き前進の歩を進め地域文化発揚の中心となり、青少年憧憬の殿堂を築く使命に燃え、清新の気分で汲めどもつきぬ智識の泉を開拓せねばならない使命もあるはずです。同窓会の伸展即、母校の躍進であります。

同窓生各位の御健勝と御自愛を願い、衷心より感謝いたし挨拶といたします。

無限青風

同窓会報三五号が発刊した。喜びに耐えない。同窓会機関誌として使命を果たしている。永続を願うと共に平常心に徹しペンの力を活用してご要望に添う努力を心掛けるべきであろう。昨年八月宇都宮で開催されたインターハイで、母校女子柔道部が天下の強豪を破り堂々全国大会第三位の成績を得たことは誠にすばらしい。校史に永く偉業を留め、記録を後進の指標とし、日頃の精進の結果に敬意を表しこの成果が伝統としてつづくことを念願する。

さてバブルがはじけ不景気が続く、従来高価というだけで人気があったものがすたれ、安くて良いものが話題である。ちょっと小ガネができたからといって急に態度が大きくなり○○でないと食べられない、着られない、格好の悪い職場は嫌だといっていた人にはいい薬みたいな時世となった。

平和な時代に育ち甘やかされた世代はときが進むにつれ遊びも派手風俗も過激になり自身を忘れがちだったように見受けられる。

不景気は大変だがこの間に見失いそうになっていた心や、ものの価値を想い出し次にくる景気のいい時に自分がしっかり持った金の使い方をする工夫が肝心ではあるまいか。

人間を永く生きるといろいろな変事に会うこれがあたりまえである。天変地異は常に共存しているようなもの。したがって対策を忘れては後手々々で話になるまい。なんと言っても人間同志が作りだす戦争が地球上唯一の大犯罪である。平和な生活を享受し円満な市民生活をつづけるためにもこの大犯罪の発生を未然に防ぐ義務を再自覚し努力すべきである。

桔梗ヶ丘の母校も盛装成って充実した内容の下、弛ゆまぬ努力が天下各方面に人材をふんだんに輩出しつつあり、この行進の永遠につづくことを念じ、会報三五号を祝福する。

有為転変

茂木駅が新装成り面目一新した。旧駅舎の想い出は人それぞれで、特に通学の為利用した同窓生各位には尚更であろう。私が最も印象深い理由は敗戦の翌年二一年二月南方戦線から復員して最終下車が茂木駅であったからだ。何故茂木駅に下車したのか判らないが下車した記憶は鮮明である。駅舎は大正九年（一九二〇年）真岡線が七井―茂木間開通時に建設され七〇有余年、町の玄関口として風雪に耐え、この度時代の要請に依り姿を消したのである。昭和一〇年代駅前に人力車の常駐車庫があった。内に囲炉裏があり車夫と話すことが楽しかった。蒸気機関車全盛時代で終点の茂木で機関車を方向転換する作業が珍しく下校時に再三見物したものだ。……いつしか、ガソリンカーとなり、真岡線が第三セクター化したのも目新しい。そして戦後ある時期から茂木駅との絆が出来た。それは在京ふるさと茂木会の結成であり、ふるさと列車の運行である。この会の責任者である関係で毎年七月祇園祭に合わせ老若男女と倶に茂木駅に降りたつのである。到着ホームには茂木中学のブラスバンドが待機、電車の到着と同時になつかしき、「兎追いしかの山」を演奏、大歓迎の裡に下車、駅前広場には山車が並び、町長、議長、町民多数が出迎え、帰省した。一同に町長、議長の歓迎の祝辞である。ふるさとに帰る者に温かい気持ちで接してくれるチャンスはふるさと列車の客となった者のみが味わうことが出来る特権であろう。駅を中心に展開する歓迎会は大方の帰省者に感涙を呼び戻し、ふるさとの再認識を強化することである。とにかく或る年代この駅を出発して戦地に旅立ち、再び帰ることなく異郷に果てた人々の無念さを旧駅舎は黙して語らず、有為転変これが世の常であろうか。茂木駅の新装と軌を一にして母校の旧農場跡に完成した第二運動場も待望のものだけに期待は大きい。後輩達がどう運用し、如何なる成果をあげるかを見守り、限り無い前進に同窓会は万全の支援を常に心掛けねばなるまい。野球とサッカーが同時に出来る面積と広い芝生の感触は絶妙である。

私もこの恵まれた環境にほれぼれとした。茂木旧駅舎を偲ぶはずがあらぬ方向に脱線した。老の一徹と思召して笑読されんことを。

記念式典

式辞

創立八〇周年記念式典挨拶

関東平野のどんづまり八溝山系の小さな城下町茂木に大正一一年（一九二二年）呱々の声をあげました町立実業補習学校が草創時の名称でございます。

名称から推察しましても大変時代的でありまして地域育英に着眼した先哲諸氏の苦心の跡を偲ぶことができるのではないでせうか。旧細川藩校弘道館衣鉢を継いだ形跡は無いやうであります。茂木町には延喜式神社・荒橿神社が存在することは遠く古代より現世まで連綿として人々の生活がつゞけられ地形的制約に屈することなく地域特産の産業を振興すると倶に、国の将来を左右すると言ふも過言ではない教育に着目、今日創立八〇周年を迎えました。其の後組合立、県立と変遷を径まして校歴八〇の年輪を重ねた次第であります。言ふなれば国の趨勢と歩みを一にして参りましたのが今日の姿でございましせう。本校の出自が町立と云ふスタートでありまして県内の高校とは異色のスタートであり創立時より共学、県内でも異色の存在であったことも確かでありました。これらの配慮は地域的に当時の経済上の制約や交通事情、等に大きな素因が存在したことと肯定せざるを得ません。このたび八〇周年記念式典に当り地元茂木町長の改選があり同窓生が当選致しました古口達也君でございます。昔から「結果は自然なり」と言われますが、この記念式典に符節を合せた如く地元の町長誕生であります。地元の町長即茂木高校の後援会長でございます。私は歴史の重みを痛感すると倶に錦上花を添えられこの式典を一層意義ある価値づけを示されました同窓生古口君に敬意を表する次第でございます。本日の記念講演会の講師、慶應義塾大学名誉教授　明海大学教授東郷秀光君も同窓生でございます。今や英文学の俊英としての地位を確立去る九月三度目のイギリス留学を終り帰国早々の身でございます。今回の記念式典に際し母校愛に徹し献身的な数々の協力を得ました東郷教授に深甚なる謝意を表する次第でございます。

さて歴史の流れと倶に二一世紀に到達、こんご如何なる変遷をたどることでございませう。

かつて真岡線で機関車に引かれた列車が花形の時代がありました。卒業生弐萬を越え全国各地に於て夫々の地位を築き成果をあげつ、あります。古語に示されます「故きを温ね新しきをしれば以て師とすべし」を念頭に前進を誓ふや切なる心境でございます。本日御臨席を賜りました来賓各位公私倶に御多忙中にもか、わりもせず誠にありがとうございま

す　本日の節目の秋より更に本校発展の爲に格段の御配慮、御後援を賜りたく切望いたし
重ねて厚く御礼もうしあげます。最後に教職者各位、情熱溢る、努力を後輩達の向上に更
なる力添を希むと同時に日頃の精進に深甚なる謝意を表し挨拶といたします。祝吟　青春
の希望（のぞみ）果てしなし吾亦紅　平成一四年一〇月四日
栃木県立茂木高等学校創立八〇周年記念　実行委員長　篠田　増雄

一五年の回顧　第一一代会長　篠田　増雄

吾が両国ＬＣ（ライオンズ・クラブ）が結成一五周年を迎え、名実ともに世界のＬＣとしての存在を更に強化した意義は深い。

歴史の年輪はかくしてきざまれつゞけ、更に伸びつゞけることであろう。

今回一五年史が企画され一九七一年一一月に発刊の両国ＬＣ一〇年史につゞく……そのごの記録が鮮明にされることは感謝の至りである。

この機会に吾が来し方を若干ふり返って見よう……

第五代杉田会長の下でＴＳの大任を受け、今から考へると誠に冷汗三斗の想いであるが……　どうやら可もなく、不可もなく任期を完ふした。吾がクラブ一五年に成長し高度に技術化した現在のテールツイスター術には眼をみはる点ばかりだ。

第六代福田会長の下、幹事に就任、生来ズボラな人間が剃刀の如く頭脳明晰な福田Ｌの女房役は土台無理なんだ……が（一〇年史歴代会長の横顔を参照されたし）

頼まれれば越後からでもなんとかで……の通り……　丁度任期中ＡＣとして墨田区体育館前に「躍進の像」を建設、除幕贈呈式等があり渉外面で多少の繁雑があったことを覚えている。が名会長統率の下無事任期を終了し得た。この期に限り副幹事が二人誕生したのも記憶に新しい。

第一〇代会長斉藤Ｌは専ら一〇周年記念準備に精力を傾注され、記念ＡＣとして決定の墨田区家庭センター園内に石彫の「和」を象徴した像を仰ぎ見るまでには全メンバーの念願を一点に凝固させ、両国ＬＣ結成一〇年記念ＡＣとして史上花を添えられたのであるが惜しくも任満ちて不肖Ｌ篠田にバトンタッチをなされたのであった。

第一一代会長に就任した時点で、すでに前任斉藤会長に依る諸準備が完了していたので全くスムーズに一〇周年記念式典とＡＣの完壁に精進出来たことは何たる幸運であったろうかと当時を懐古している。

「躍進の像」「和の像」とも今や墨田区内は言うに及ばず都内の美術愛好者達のメッカになりつ、あり、風雪の洗礼に耐えつ、変らぬ姿を以て日々世の中の人々をして、やわらぎとやすらぎ、をあたえつ、ある。

一粒の麦が蒔かれて成長するごとく吾が両国ＬＣも常に天に向って伸びなん麦に教えられ、正しく進もうではありませんか。

そして錦糸町駅前に建つ時計塔を仰ぎ散策のつど体育館前の「躍進の像」にふれ孫にひ

かれて「和の像」をなでるとき、さながら吾が歩み来し人生にＬＣの地の塩にも似たこれらの奉仕の結晶が、なにごとをか、さ、やきかけるではありませんか……。

結成一五年に栄あれ

一九七六．一二．五記

祝辞

星霜移り人は往き、茲に一九九二年平成四年栃木県立茂木高等学校は七〇年の校史を樹立しました。

この節目に際会し本日めでたく卒業されました三百六拾名の諸君等は通常年の卒業とは格別な感慨の下、将来の抱負等も母校創立七〇年の記念すべき春に卒業した感激を忘れることなく格段の理想に燃え大成されんことを切望して止みません。

創立七〇年組は諸君等のみの特権であり堂々と自己の存在価値を主張出来る有能なクラスであったと仰がれる位置を確立していたゞきたいのであります。

農業科家政科卒業が最後の年となり今後永久に本日の如き卒業式を見ることが出来ません。

時の流れの然らしむる結果とは言ひ、本校創立以来の経過を勘案するとき惜しみて余りある所であります。

永く校史にこの軌跡を留め本校発展の礎（いしずい）であった誇りを自覚され社会に雄飛されんことを希む次第であります。

世の中は刻一刻と変動をつゞけおおきな潮流の渦（うず）の中に謂ふなれば諸君等の前途は一葉の小舟を漕ぎ出す舟人の存在と言ふも過言ではありますまい。台風や逆浪、暴風と斗い乍ら希望の岸にたどりつくことが所謂人生航路でありませう。決して油断の出来ないコースであります。この難コースのハードルを越えてこそ目的達成が可能なのであります。努力精進する人に神仏は必ず加護を与え栄光の座をお与え下さいます、諸君等の両親、先祖、先輩等の歴史を見れば判断が出来る所であります。

諸君等は高校生活に於て高度の知識と人格を錬磨したはずです。校庭に建つ躍進の像に日々はげまされ、諸先生から貴重な人間の道を教授されました。いざ行かんの気迫と勇気をふるって校門を後にして下さい。天地は諸君等が開拓すべき存在です。

平成四年新入生に対する祝辞

平成四年四月七日

同窓会長・篠田　増雄

平成四年新入生に対する祝辞

春爛漫の花の下高校入学おめでとう。

新聞に報道されました諸君等の名前を拝見いたしまして同窓会長として感激いたしました。

平成四年は栃木県立茂木高等学校が創立七〇周年を迎える節目の年であります。この記念すべき年に入学出来た諸君等はひと味違ふ存在であり　最幸良きスタートを切ったクラスでもあります。どうか生涯を通じ創立七〇年入学のタイトルを忘れずに目的遂行に邁進して下さい。

そしてこの秋一〇月に記念祭の行事が計画されて居り実施されます。諸君等と倶に祝賀の宴を張ることが出来ます。ご期待下さい。

三六〇名の若人を壇上から眺めますと私の精神も躍動いたしもう一度一〇代に返り度へ気持ですが、すべて活動の原動力は若さと情熱であります、老齢となって遠い日の怠惰を残念がることの無い様確実な目標を決め一歩一歩あせらずに精励することです。

諸君等は天下の高校生としての誇りと自信に立ちこの恵まれた施設と最高の教師の先生

方の訓へに應え亦期待する父母兄弟に應えるべく今日から夫々の特性を存分に発揮し有終の美を飾られんことを切望して祝辞といたします。

祝詞

平成五年の春目出度く卒業を迎えられた諸君等に御祝の言葉を申し述べます。

昨年本校は創立七〇周年期し記念事業並びに記念式典の数々を展開し校史に新たな記録を刻み、母校の由来を再確認し、現状の再吟味と将来の目標を確立し一大飛躍を念じ先輩の教への道に邁進を誓った次第であります。

この七〇周年の栄光の年に最上級生として盛典に浴し記念事業の活動を体験した記憶も生々しいこと、推察いたします。通常年の卒業生では体得出来ない希有の節目の年に在学した思ひ出は生涯忘れ得ぬ人生の大きな印象のひとつであろうと思ひます。多感な諸君等は必ずや母校を離れても、あの日の感激を胸に秘め夫々の分野に於て大成を期し、ベストをつくし社会の有望な存在と相成る努力を重ねること、推察し力強い限りでございます。

亦日本人が宇宙船に乗る現時点、世界は宇宙時代であります、この有爲変転極り無い時代に対処し、社会の中堅として進出すべく歩々堂々と明日から進発する諸君等の胸中察するに余りある所であります　この基本はこの学舎（まなびや）に於て三年間訓育され　教導された大きな実力であり、抱負であります。大きな目標に向かって躍進して下さい、私はひたすら諸君等は如何に対処しどう附（つき）合って限られた生命（いのち）を維持していくかも大きな宿題でもあろうかと思ひます。

ここで地球上、唯一の存在である自己を真剣に見つめ直し、先祖、親、を通じての大切な生命を呉々も養護し病気に負けぬ頑健な精神と肉体を維持されて日々正しく進まれんことを要望して止みません。

この目出たい卒業式に御臨席の父兄の皆々様、晴れ姿を讃えると同時にこれから社会の荒波に漕ぎ出す子供達の爲に尚一層の激励を惜しみなく與へられんことを切望して祝詞といたします。

祝吟

吾が孫とおなじ生まれよ卒業す

平成五年三月一日

栃木県立茂木高等学校同窓会長　篠田　増雄

世情・文明について

ＰＲもまた

現代生活からマスコミを除外したら一体どうなることだろうか。

吾々は好むと好まざるとにかゝわらず、マスコミ体制の中で生き伸びねばならない共同運命体に編入され、老若男女を問わず、ベルトコンベアーよろしく、自分の意志とは無関係に運用されつゝあることを痛感する。

今、茂高同窓生一万一〇〇〇有余を擁し、五五年の歴史と伝統を培ひつゝあるも、さて広く天下の耳目を傾聴さすに足る何物も無い。

例えて言うならば、わが同窓生からマスコミの寵児が或る時期現れたことを想像する。芸能人、作家、芸術家、学者、スポーツマン、其の他、なんでもよし、この時の人となれば最早しめたものである。

電波を通じ全国津々浦々に周知徹底されると同時に母校の存在が、クローズアップされることは必然である。そしてひとたび印象された、存在は人々の脳裡に刻まれ、マスコミの顧客として称賛されるのが現状ではあるまいか。

だが現実はきびしい。吾々同窓生は斯くあるを期し、日常不断、母校を中心に地道なる前進をつゞけたいと念じて居る次第であります。

反面同窓生各位におかれる「くちこみ」の効用も亦軽視出来ません。各分野に於て活躍の場を拡大しつゝある各位、母校の名を万天下に喧伝する努力をも一段と強化しようではありませんか。この絆（きずな）こそ、母校、先輩、後輩、を結びやがて花咲き実を結ぶ、吾が同窓会活動の基本原則でもあります。

年々才々巣立ち行く後輩諸氏の大いなる灯台たるを自覚し努力を積みかさねようではありませんか。

特に各支部を統括される役員各位におかれましては同窓会活動を強化され、時代の要求に反応する体制を整備されんことを要望する次第でございます。

天敵出でよ

仏の山峠を笠間に下ると左右に展開する赤松林の緑は見事な景観であったが、一月三月笠間に行き余りにも変り果てた枯松林を見たので吾が眼を疑った程である。猛威を振う松喰虫の侵略の前に唯だ手を拱えているのだろうか。見るも無残である。佐白山一帯も被害が大きく特に左側山系は遠くから眺めると松が紅葉したかと思う程で一部は枯死林と化し、イメージダウン、も甚だしい。一方笠間街道、旧逆川小貫地区辺も街道筋から見る限りでは被害が漸次拡大しつゝある。生家の裏山なども自慢の松が相当枯れ始めて居る。とにかく小さい頃から見慣れて来た万緑のふるさとの松山が、情容赦なく特定の昆虫？の餌食となって枯死する姿を見せつけられることはやりきれない。今までうわさに聞く程度であった松喰虫の被害を現実この眼で確かめ吾が予想をはるかに越えた実害にびっくりしたのである。自然界の法則には人智のはるかに及ばないメカニズム、が存在して共存共栄を推進し種の保存を計る……、言々。

この猛威を振う生物に天敵の存在はないのだろうか？

昆虫類に在っての天敵の最たる存在は何と言っても鳥類であろう。

この鳥類さえも人間によって年年其の種属をへらしつゝある現世である。自然界の生の法則を人間自らが破壊した結果が奇しくもこんな現状を招来したのではないだろうか。世界保健機関が、地球上から天然痘が姿を消したという根絶宣言を出した。人類にとってこの上ない喜びである。しかし一七九六年のジェンナーによる種痘の発明から、実施、普及の二〇〇〇年に近い道筋は決して安易ではなかった。

人智が一方で勝利をおさめ、一方で苦戦する、こういう矛盾を如何に調整し環境保全を完うするかに一九八〇年代の責務がある。官民あげて緑の山野を破壊する大敵を速かに撲滅せねばなるまい。

松を侵略しつくせば、次は何をねらうだろうか。国土から緑が消え失せる日がやがて到来するやも知れない？　山国のふるさとの松喰虫被害の一日も早く消滅を願う。

勿論それは私のみではあるまい茂高同窓生一同の希みでもあるを信じ一九八〇年に突入致し新たな想の下に活躍を祈る次第です。

母校創立六〇周年も目前に迫りました。尚一層の母校愛に徹し地域育英の精華を期待して止みません。

旅のハプニング

旅の好きな私はチャンスをつかんでは、外国旅行に出る。今回も昨年一二月二八日「成田」を出発して、「南インド」「スリランカ」の旅に出る一二日間の予定であった。正月元旦は「インド」の「マドラス」で迎え一行とホテルの一室で持参の日本酒で元旦を祝し合った。一月四日待望の「スリランカ」の「カンディ」「ネコンボ」等の名所、旧跡等を見学、予定通り旅のスケジュールを消化再び「インド」国内線に乗り「カルカッタ」に於て国際線に乗継ぎ帰国の準備に入ったとき意外なるハプニングに遭遇したのである。

一月七日「インド」航空国内線に依り「カルカッタ」空港に二〇時〇五分着陸、二二時三〇分発の「インド」航空A－三〇二便が我々一行の塔乗機であった。

着陸と同時に空港中央に吾々の目指す三〇二便機が待機して居たので安心して荷物其の他の受取りや出国手続中にA－三〇二便は、万杯で「バンコック」に向け離陸してしまったとの報に接したのであった。一行は唖然としてしまった。………が私は過去に於てこんなことを「エジプト」に於て経験しているので大しておどろくこともなかった。が航空機の旅に於て一番困るのが積み残しされた側である。

すべて塔乗申込みは数ヶ月前より予約制であり団体となると尚更である。日本の各航空会社では絶対に起り得ないことが「インド」や「エジプト」では日常茶飯時なのである。コンダクターが現地航空会社やホテルに種々の連絡をするのであるが「インド」社会の組織は日本流に考える尺度など、どこにも通用しない。「カルカッタ空港」の待合室においてきぼりをくった日本人のグループが蚊に刺されつゝ夜の冷えに苦斗する状況を想定していただきたい。苦斗すること約四時間、結論として「カルカッタ」発の国際線塔乗は三日以内は絶無「ニューデリー」まで明日午后五時国内線で「香港」までフライト、「香港」に一泊、改めて国際線を探して搭乗、と全く何が何だか判らない。とに角、「カルカッタ」のホテルに移動したのが夜中で、夕食さえも取ることが出来ずコーヒー一杯が出ただけであった。

予定では一月八日成田に着陸のはずがなんと一行は「ニューデリー」に向け国内線に搭乗夜の「ニューデリー」空港からホテルと忙しい。この「ニューデリー」の宿舎がまた変った宿で外国人が泊る型の宿ではないのである。日本で言う昔の木賃宿である。綿のはみだしたふとんがカビ臭くてどうにも眠れないのである、しかも朝五時出発であった。「ニューデリー」空港において西独のルフトハンザ機に搭乗一路、「バンコック」経由「香港」に……

やっと外国旅行の雰囲気にもどることが出来た。「香港」は過去何回となく訪れた土地だけに、ここまで来るともう帰国したも同然、ホテルも何度も泊ったことのある「ミラマホテル」であった。

早速国際電話で各自夫々自宅に安否の連絡をする。なにしろ予定帰国日が二日も狂ってくると留守宅に於ては大変心配だそうである。まづ第一に航空機事故を想定するからだ。だが現地においては（出先では）さほどでもない。と云うのも全員健康であるからだ。唯日程が伸びただけが各人に依りニュアンスが違う位である。過去十数回外国旅行をして来たが航空機の接続不良に依り帰国日程が二日も伸びた体験は今回が始めてである。

どうも「東南アジア」や中近東方面の国々の航空事業の内容は極めておそまつであることに気がつく。こんな事情もあらかじめ承知して旅に出ることも外国旅行の大きな要素ではなかろうか。「香港」に一泊後「キャセイ航空」便で、「台北」経由、予定より二日おくれて一月一〇日午后一時三〇分「成田空港」に着陸した。

一九八一年早々旅に出て味わったハプニングで改めて「インド」のカーストの一面ものぞき見する機会をも得大いに勉強になった。

一月一〇日「成田」は快晴無風であった。

一九八一、一、二五日記す。……

六〇年を祝う

日本人の平均寿命が大巾に伸び、今や日本は世界に於ける長寿国となり、この動態はしばらくつづくであろうと推定されている。

この推移に従えば老齢社会が漸次形成され今後に於ける社会施策上老人対策は最も緊要な問題として注目されて来た。

核家族化が進み一人暮しの老人が年々増加し、公共的施設は勿論のこと、私設の老人ホーム、共に満員の盛況であると、こんな報道を耳にするとやがて吾が身にもと案ずると心おだやかならざるものをひしひしと感ずる。

「人生とは結局何であるのか」最近になって従来思索もしてみなかった心の内側の「うずき」のようなものが思考として湧いて来て時々瞑想することがある。

「齢だ」と言えばそれまでであるがこんな他愛ない事柄を真剣に考へこむようになって、やっと世の中のことがかすかによく見えて来たとも言える。

大きな歴史の流れに時は過ぎ、未来に向って限り無い前進をつづけるのであろう。

母校は今年六〇年の年輪を重ねた。一口に六〇年と言えば簡単であるが、一歩一歩の速度と経過をたどれば容易に到達出来ないゴールでもあった。

言うなれば一歳の児が還暦に達した歴史でもある。

風雪あり、怒濤あり、日本の歴史の歩みと共に生きた、樹てた記録でもある。

そして地域育英の尖兵として、将又重鎮として其の使命に燃え、徹し理想の学苑として仰がる、姿を具現しつつある。

地域開発の推進に挺身する人物を輩出し育成して倦む所を知らず日夜不断の努力を重ねる母校に限り無い愛着を覚えるのは自分一人ではあるまい。

悠久の流れをつづける那珂の流れの如く歴史に超然と対しやがて大洋に注ぐ姿に吾々は謙虚なる感謝と反省を致し母校六〇年の発展に大喊声をあぐる秋である。

衆生本来仏なり（主権在民）

えらそうな題で、誇大広告のようだが、とにかく現代はそのようになっているようである。

医療は医者と患者との信頼関係が大切であることは昔も今も変わりがない。政府(内閣)と国民との関係も信頼感で結ばれていなければだめだと思う。ところが、いつの内閣でも新聞で見る国民のアンケートでは、支持率は大体五〇％以下、三〇％ぐらいのもある。国民の、国民による、国民のための民主政治では無いためだろうか。

それでいて、国内的にも国際的にも、どうやらやっているようである。

そんな内閣を誰が作ったのか。民主国家だよ、主権在民だよ、国民が作ったのだ、「投票は爆弾よりも強い」のだとなるようである。いま、医者はエンサの的になっている。不公平税制だ、クスリ漬けだ、検査漬けだ、水増し請求だ、診療ミスだ、裏口入学だ、白い巨塔だ。……四面楚歌である。呑みに行っても面白くもない声ばかりだ。医者に対する大衆の支持率、信頼度のアンケートを求めたら、何％ぐらいになるものかと気がかりである。それでもまあ、ケッコウやっているのが現状である。

そんな医者を誰が作ったのか？大学か文部省か、厚生省か。主権在民だョ、国民が作ったのだとなるらしい。さて気を取り直して改めて主権在民だと叫んでみよう。実に人聞きの好い、耳ざわりの好い、心温まる有難いご宣託である。

ホロリとなる。単細胞は思わず目がしらがウルむ心地がする。この主権在民の一句は白隠禅師の坐禅和賛「衆生本来仏なり、水と氷のごとくにて、水をはなれて氷なく、衆生の外に仏なし……」にも劣るまじき法語とたたえてもよかろう。

だがしかし、この主権在民こそがクセもの、見かけによらん大変なもの、人を喜ばせておいて、最後は「こんな男（女）に誰がした！」責任在民のはずだという仕掛けである。最も悪質なペテン師である。

何事もあまりウマイ話には気をつけろ、と先輩は言う。みんなそれでやられたらしい。

まず健康

健康は神様が人間に与えた最高の贈物であると…人間誰しも不老長寿をひそかに願っているもの、理想通りに運営出来ないのが現実である。日本人の平均寿命が大幅に延び、こんご二一世紀には現在より更に二－五年は伸びる確率が統計上推定出来るとなると遠からず人生八〇年を謳歌する日が現実化する。ところで私は吾が茂高同窓会名簿を見て歴代同窓会長の動静を追ったところ残念ながら生存者皆無に愕然とした。しかも前会長の高橋さんも鬼籍とは……次は吾が身かなと、余計な心配も湧くのである。

昨年九月刎頸の友が突如食道癌を宣告され、一一月手術、術後半身不随、失語症、植物人間化し現在療養中で、本人は勿論吾々にも青天の霹靂で言うべき言葉もない。

彼は七〇年このかた風邪もひかずストロングマンの象徴であった。学生時代水泳の選手で活躍し健康児を自認した体に憎むべき病魔が如何なるテクニックで侵入したのであろうか?、こんな現実に出会って人智では防ぎようのない自然の暴虐に大きな不安を感ずるのである。

身辺に起こる生死の様相に一喜一憂するのも人生であろうが尊い生命は自己の管理に依

り、正しい節制に依り、不慮の転帰を回避出来るのではないだろうか。

生者必滅は、さけられない生理現象ではあるが、日々己の精神と体（からだ）の鍛練に心し、地球上唯一、自分に与えられた生命（いのち）を大事にし、互いに気をつけ、まぢかにせまった二一世紀に進もうではありませんか。

この為にも健康こそすべての源泉です。今日に感謝し、希望ある一九八八年辰歳を飛翔せられんことを切望いたします。

雀百まで

少年時代（一〇歳頃）からペダルを踏んで来たから六〇年以上も自転車とのつきあいである。勿論茂木の三年間は自転車通学であった。あの躍動期にペダルを踏んでの鍛練は、脚腰を強化し脊髄を矯正し内臓諸器官を若返らせたに相違ない。

その証拠に古稀を過ぎた現在、さしたる疾患が無い。都会生活に於て一時期車を運転したが自転車の便利さに惹（ひ）かれ車を棄て、現在はペダルを友とし、健康保持の補助として日常の必需品である。四季を通じ早朝に自宅を出て、浅草観音まで一〇分、隅田公園－桜橋－隅田公園（浅草側）を一巡して二五分、聖天様一五分、のコースを雨でも降らぬ限り飽きもせずペダルを踏みつゞけやがて二〇年目が近い。「継続は力なり」と謂うがなんでもつゞけることに意義があり結果は自然であると思う。田舎育ちなるが故に天から与えられた特技と信じて自転車を愛用している。

日曜日など靖国神社、根津神社、谷中墓地探訪等々数時間を費すとペダル探訪も思わぬ名蹟や、名士、名人の墓に対面し快哉を叫ぶこともしばしばで、ペダルの効用とでも言うべきか？

近くの回向院には有名な鼠小僧次郎吉の墓があり何故か、「掏り」仲間に信仰があり、常に香煙が立ちこめて居るが反面墓石の一片を削り取って身につけて居ると仕事?が無事に達成出来るとのことで削られて丸味を帯びて来た。加えて最近受験生がこの一片を身に付けると合格すると言うハプニングが出て、次郎吉の墓石が危険にさらされ出し、見るに見兼ねた住職が墓石に金網をかぶせて防止している。笑うに笑えないエピソードが起り、老生もペタルを踏んで野次馬気分で受験期になると訪問する。自宅から一五分、元の国技館の隣りである。

難点は言わずもがな、交通事故の発生で家人の心配は老生が帰家するまで頂点に達することだそうで、この点のギャップは消えそうもない。ペタルを踏み出せば世は天国である。

平成二年午、少年時代家族同様に屋内の厩に飼われた馬が殆んど姿を消して久しい。時代の要請のしからしむ所か、午歳らしく元気に今年も跳ね、走る、良き一年を祈念し、会員諸氏の活躍を待ちます。

時は流れる

ことしは未年、私は年男である。二〇〇一年にはじまる二一世紀までちょうどあと一〇年、年が明けていよいよ二〇世紀最後の一〇年の入り口にさしかかった。

激動の二〇世紀、この先いったいなにが待っているのだろうか。もし私が生き永らえて一〇年たつと齢八二となる。これはあくまで計算上のことで、生存の保証は勿論ない。こんな未到来のことより足下を見ると母校創立七〇周年が明年にせまったことである。予て今日の来ることは覚悟の上とは言い直面して見るといささか虚をつかれた形で落ちつかない。

これが偽わらざる気持ちである。ここで虚心坦懐、従来の計画に再検討を重ね実施年の一九九二年までに物質両面の実施体制を、少くとも今年中に推進、来年は心豊かに唯々上演を観賞出来る位の余裕ある準備をしたいものと念じて居ります。

即ち、末年に準備の大枠を完了する気合と実行を同窓生各位に御願いしより実りある七〇周年事業と式典を実現したい念願に燃えて居ります。

各位の母校愛と後輩、教導の立場からも各段の御賛同、協力を切望して止みません。

記念事業の一部はすでに実施に着手進行中であり、全般的な運用面の推進には今年度が最も大切な年であると思います。

同窓生諸氏におかれましては何卒七〇周年と言う母校発展の節目に際し格段の御配慮をいたゞき強力な御協讃を賜り度く重ねて御願い致し、末年の平和を念じ挨拶といたします。

この稿を終り一服というとき、湾岸戦争が火ぶたを切ったニュースが入りました。誠に忌むべき出来事です。短期間に終息せんことを希って止みません。

隔世の感

ことしは戦後五〇年である。アメリカと戦争したってほんと?そしてどっちが勝ったのときく少年少女がいる、平和なのだ。少年時代読んだ雑誌「譚海」に一〇〇年後の東京と題して、科学的予想を圖示と解説で詳しく報じたことがあり、農村に育った私の脳裡に深く刻み込まれ現今でも記憶している。

まず道路で、地上を走る電車の下を地下鉄が通りこの地下鉄が河の下や海の下を通るのである。地上を走る電車の上を高架で汽車が通り、その上をモノレールが走り空には飛行機、飛行船、オートジャイロが飛び、特に高架を走る汽車は二〇〇キロ位と記されていた。生活面では居ながらにして遠方の出来事が瞬時に見ることが出来る「テレビジョン」と言う装置が出来各家庭に設置され、電話は各家庭に配置され玩具並みに店頭で買えるとか、洗濯は電気の力で人間の手を煩わせずに出来、乾燥も一服する中に出来る等、いやはや当時としては夢物語として映じ果たして一〇〇年後にこんな空想が実現出来るのだろうかと半信半疑であった。ところが僅か半世紀で一〇〇年後の東京は予言を超越した科学万能の社会と化し人智の到る所障害なしの環境となり、私が生きて享受出来る数々が実現したのである。加えて原子力利用、宇宙開発等の現況を見ると、こんご如何なる変化をとげるのやら余りにも急なことにとまどうばかりである。考えて見ると当時の科学者の頭脳は正しかった。順調な速度で行けば予言通りの変化が確立する自信があったのであろう、が戦争という一大危険分子が現れ、思いもよらぬ物質を出現した為に科学が飛躍し過ぎて一〇〇年の歩みを半分の速度で達成したのではあるまいか。

少年時代夢見たことが早目に現実化した余慶に接し多少欲も出る。便利な世の生活は平和を心底から愛するに徹する。

因みに当時人生は五〇年、富国強兵が国是の日本であり、私の家に電灯が点ったのが一九二八年である。今世紀も峠が見えて来た。二一世紀に期待し母校の発展と同窓生各位の御隆昌を祈念し挨拶といたします。

一九九五、一、一日記す

百尺竿頭（ひゃくしゃくかんとう）

最近の世相はあまりにも嘆かわしい。政財官の腐敗、癒着、オウム真理教事件なども世相の反映といえよう。不愉快の連続である。加えて阪神大震災であり、常軌を免した集団の地下鉄サリン殺人で極に達した。いかなる目論見で毒ガス「サリン」を拡散したか現在真相は究明中であるが一刻も早く国民の前に鮮明にして欲しい。私も毒ガスの殺人兵器としての知識は人一倍知る立場に於かれた体験上、約半世紀を経た今日、平和な日本の首都東京に於て白昼堂々と交通機関の中枢地に於て無差別に無辜（むこ）の住民に使用され、甚大な死傷者を続出した現実に唖然としたのである。

私は当日偶然現場近くの大学病院に居て収容患者の一端を垣間見たが、さながら生地獄であり阿鼻叫喚とは正にこのことであろうと思った……。これが研究と実施方法に専念した当時の行動に想いを馳せ最後の最後まで未使用で通したことが最大の幸福であったなと一人合点したのである。今後化学薬品製剤に依る（特に毒ガス）凶悪殺人事件の絶無を切望して止まない。昨年日本は戦後五〇年、節目の年だと各方面で反省、謝罪、慰霊等の諸行事があり国内の大事件と併行して進行した。私事であるが私には今年が節目の歳である。なんと五〇年前二月二一日、敗戦の故国日本に復員、浦賀港に上陸したのである。東部ニューギニア戦線からの生還者は少なく戦没された御遺族に何んのかんぱせあって相まみえんの心苦しい復員であった。そして現在横浜港に繋留中の永川丸（当時病院船）が復員船として私を上陸さして呉れたのである。

さて同窓会も七〇周年記念行事を終了一息と言う所であったが永年同窓会副会長として活躍された矢野金吾氏と永嶋アエ氏が昨年二月辞任され、夫々（それぞれ）後任が決まり会務は平常通りである。私の会長就任と同時に就任、在職二〇年の歳月を献身的に会長を補佐。特に創立七〇周年記念行事終結時の前後には地元在住責任者として非凡な努力を発揮され初期の目的を達成し得た原動力者に改めて感謝と敬意を捧げ今後とも健康にて同窓会推進のよりよきアドバイザーとして御協力を賜らんこと御願いする次第です。

同窓の誼（よしみ）重ねて喜寿の春　那珈

登谷慕情

登谷の宮下家を訪ね氏神として代々守りつゞけた、金精様を拝み写真に収めたことがありすでに三〇年を経過した。昨年一〇月ツインリンクもてぎ、の全容に接する機に際会、全コースを見下ろすスタンドに座し周囲の景観、レースコースの完備の良さや、左手に建ったホテルの偉容にしばし瞑目した。ふと曽遊の里登谷のことどもがひらめいたのである。

柚子の里、登谷は変じて近代ホテルと化し茅葺（かやぶき）きの家も消へ、さながらホテル全体がレース場を見下してゐる。とにかく茂木の一角にかくも大きな国際的カーレース場が出現しすでに活動を続行中は御存知の通りだが、係員の説明に依ると最大限自然破壊をさけ、最新の工法で設計施設の整備を計ったとのことであった。なる程見渡す所工事に附帯する禿（はげ）山の出現も無く、残土の姿も無かった。そして企業の命脈とも言ふべき博物館の設置に依り創業以来の製品を年代順に整理、展示する商魂の逞しさに敬服せざるを得ない。があの山地一帯秋の味覚茸を産出し、シーズンともなれば人気の場所でもあった。

登谷には少年時代から耳にした忘れられない或ひゞきがあったのだ。たしか分家の後妻の生れ里であったやうで……馬門の登谷は不便で、余り他所との交りも少く昔ながらの慣習に生活（たつき）をつゞけてゐる所だと……鬼怒川の奥栗山と同じやうな場所だと記憶させられた。

三〇年前登谷の里を尋ね余りにも記憶の見解の相違に吾が眼を見張ったのである。わずか半世紀以内にかくも変化するとは、文明の恩恵が僻地に急速に浸透したのであろう。まあランプ生活時代のひとにぎりのゴシップが針小棒大に流布され真相が歪曲されると、正当な在り方まであらぬ方向に曲って伝へられるから注意すべきことであろう。

登谷遺跡内に今回発見されたと云ふ、鹿落しなどの先住民の生活の智恵は現代人とは道具の差はあれ、思考する頭脳は変らず、いや現代人より高度な技能を所有したのではあるまいか。道路の整備が完全になると沿線に人間が蝟集する。登谷の集落は逆川の流れが渓谷となり、昔橋を架けることなく限られた人々のみが平和に暮らしつゞけたので、余人の言ふ秘境は、登谷の人々に在っては桃源郷であったのであろう。世紀末登谷はホテルに、住民の方々は平和に移った。茂木町の歴史に残る出来事であろう。

登谷三句

氏神に金精（こんせい）祀る柚子の里

鹿（しか）落し遺跡の内に柚子の里
忽然（こつぜん）とサーキット現（あらわ）れ柚子の里

昨日の少年今は白頭

八〇の齢に達する人間の経歴には千差万別、性別に於て、亦大きな違いがあろう。今秋母校は創立八〇周年を迎える記念すべき年であり、慶賀に耐えない。同窓会員数二万名の大台に達し、地域育英の尖兵としての任務を完遂して居ると自負して止まず、日夜不断の精進が開校以来の目標を誤ることなく実践して八〇年の校歴を築きあげた功績は偉大であり、常に時代の潮流に逆らうことなく順風満帆、変転極まり無い世相に惑うことなく大きな希望に燃える青年の進路に一條の光明を灯しつづける中核は一に母校に在職する教職員一同と同窓会が緊密な連帯を以てなる相互信頼と愛校心の結晶が融合した誠心の発露であり、加えて学ぶ青年を育成したＰＴＡの存在が更なる力を添え加えたことも大きな要因である。

常に躍進して止むことの無い若人の希望は無限であり、理想も超宇宙的である。二一世紀の夢は早くも宇宙に指向されつつあり、宇宙時代の開発と相互共存も可能となる公算が大である。人類が夢想したことが今世紀に実現する現場をこの眼で確認できる日も遠からずと推論するなればもう一息、長生きしても悪くないと思う昨今ではある。然し八〇年の歩みに伍して隊列を離れ幽明境を異にした先輩知己友等の顔が瞼に焼き付いている、歴史は斯くして為り人は去り行くのである。アメリカで起きた同時テロは、世界中を震えあがらせた。アフガニスタンでの戦争の様子を毎日テレビで観ていると、半世紀以上も前の日本の戦時中が思い出されてならない。今タリバンを力ずくで排除しても本質的な問題は残されたままだと思う。平和な日本で暮らして平和ぼけにならないようにしなければと肝に銘じた年であった昨年が過ぎ二〇〇二年のことし、ささやかではあるが記念式典を無事実施出来る平和な日を希求して準備に邁進中である。吾茂高にふさわしい植物は吾亦紅であろう。広辞苑に吾木香、我毛香、我亦紅、地楡、ばら科の多年性草木、高さ六〇~九〇センチメートル、葉は羽状複葉、小葉は長楕円形、秋暗紅紫の小花を球形の花序につける、和名ワレモコウ。と記されている。記念式典の卓上に飾るにふさわしいと念じている。

萬里無片雲

会報創立八〇周年特集号に歴代同窓会長の顔写真が出た、一三代が私である。一三人の内生存者は唯一人私のみです。世界一長寿国日本である、せめて前元、会長の二、三人くらいは生存して然るべきであろうが残念である。

私は永いボランティア活動に終止符を打ち昨年九月会長を辞任しました。すでに平成一五年、年頭挨拶に表明した通りを実行したのです。自分の信念に基づいての予定の行動であります。

故語に

燕雀安んぞ鴻鵠の志を知らんや

現在の心境は標題の通りです。母校並びに同窓会の発展を祈念し改めて関係諸氏の御厚情に深謝致し挨拶とします。

珍事際会

私は一六年前（一九八四）一月三日、中国雲南省、昆明に於て中国の歴史に記録されるある事象に際会した。なんと五〇〇年ぶりの降雪であった。

同日桂林から昆明にフライトしたのであるが空から見た昆明の街が白いのである。放送で昆明を中心に附近一帯に昨夜突如降雪、実に五〇〇年ぶりの雪でありますとのことだった。吾々乗客一同五〇〇年ぶりを強調され、さすが中国かなを痛感。白髪三〇〇〇丈も大法螺（ほら）に非ずとおもった。市内のホテルに入り一休みして、私は旅の目標である石林にバスで出発した。昆明－石林の距離一二六キロ、当時道路事情は悪く砂利道であった。雪に依る倒木があり特に南方特有の竹が折れて交通の障害、バスの運転手は初体験で一本一本素手で排除して進む想像を絶する事態に遭遇し石林に到着は予定の倍を要した。この道は中国とベトナム紛争時の重要な軍事路でもあった。吾々旅行者が感じたことは南方系の植物が如何に雪に弱いかであった。このコース倒木位で済んだので旅の者には幸いであり無事目的地に安着一同ほっとした。石林賓館に於て夜間雪の爲停電入浴も出来ず食堂はローソク、何事も五〇〇年ぶりの雪を讃えてゐる様（さま）に受けとれた。翌日天気快晴、世界に誇る奇勝石林を観賞旅の目的を達した。

この降雪は現地中国の一大ニュースとなり、新聞に大々的に連日報じられたが、当時中国にはテレビが普及せず昆明のホテルでは見ることが出来なかった。帰国後日本の新聞にも報道され世界的ニュースとなったことも後日確認した。石林から昆明に同じコースをバック一月四日市内翠湖ホテルに入る。この雪で昆明市民は大歓喜したとの記事に何回も出会った。そして一番儲けたのが写真屋で街の素人カメラマンもほくほくとのこと、街中フィルムがなくなり闇値（やみね）で取引されたとのこと、吾々旅行者が標的にされたのは勿論であった。ホテルの従業員が、メイドが、一般市民が、フィルム、フィルムと盛んに要求された面白い旅であった。南の島に雪が降る、は芝居では出来るが実際には無い。

私は永い人生航路に於て極めて希な現象に際会、想い出は深い。予期せぬ事象が人生の運命を左右することも亦覚悟しておかねばなるまい。

臨界事故が好例である。

故郷・もてぎ

ふるさとへの手紙

作夏七月二五日ふるさと列車が茂木駅に着き、ホームに降りたときのかんどうは筆舌に尽くし難い…。それは中学生ブラスバンドの歓迎の曲にであった。永い人生途上で味わった数少ない感涙にむせんだひとときである。

当日便乗者の一人である俳句の伴は某に手記を書き好評でその一節、「まず驚いたことは、ホームに並んでいる中学生のブラスバンドの一団である。子供に弱い私は「ふるさと」の曲に胸がつまった。何とも説明の出来ない感動に流れでる涙をどうしようもなかった。出口とは反対の山へ顔を向け、手にもっていたボールペンで目尻をなぞりゴマ化すので困惑した。私は山へ捩（ね）じ向けた顔で後の連れの顔を見た。彼女は眼鏡をあげて涙を拭いていた。胸が熱くなったのは私ばかりではなかったのだ。」

おそらく同乗の皆様も前述のような心情ではなかったろうかと察するのであります。昨年一二月「三二八ミリのおしえ」と題する記録集を町から恵贈に接し改めて、台風災害の実態を詳細に知る機会を得今更乍ら想像を絶した水禍に驚きました。あの大災害を克服し一年後の夏、ふるさとの父母兄弟の更生は実に見事でした。そして迎えた夏祭りとふるさと列車の復活でした。

吾等のふるさと茂木は不死鳥のごとく大きく大空に羽博いたのであります。

逆川の河川改修も実施工事中とのこと、再び悪夢のごとき災害が起こらないことを念願してふるさと茂木の反映を見守りたい。ふるさとの山はありがたきかな。

故旧忘れ難し

常磐高速を向島から乗り入れて岩間インターから分かれ、岩間を経てすぐ笠間である。所要時間一時間三〇分位か、県境の佛の山峠から一〇分で茂木町である。全く車社会下の東京と茂木の距離は約二時間で繋る首都圏に包含されてしまった。今昔の感に耐えない。ことし初午笠間稲荷に参詣した私の体験である。会員諸氏も帰省に当たり交通機関の改正と諸事スピード化の下で私同様ふるさとは近くなったと感じて居ることと思えます。

作夏茂木町は未曾有の水害に見舞はれ被災した方々の心労と逸財は計り知れない所でありますが、ひならずして不死鳥の如く甦り再び町に明るさと活気を呼びもどしたことは大きな安堵でもあります。あの時寄せられました会員諸兄姉の浄財並びに労力奉仕は「ふるさと」愛の発露に外なく、町復興の一助となったことでしょう。「艱難汝を玉にす」ふるさとを倶にする同志の連帯の輪を拡げ一層の清進努力を積み「ふるさと」の皆様の期待に応えようではありませんか。今回災害後の町役場当局にも平常心がみなぎり、念願でありました会報発行の機が生じ第一号が発行される運びに至りました。「ふるさと茂木会」と町とのパイプであり、相互の情報源でもあります。

町の過疎化を憂いつつ一層の発展を祈念するとともに会員諸彦の御清栄を期待し発刊挨拶といたします。

茂木町を過疎から守ろう！

九月二二日、ことしで二回目の「ふるさと列車」に乗って上野駅から——茂木駅まで通しで行く機会を得た。

第一回目は所用の為乗るチャンスを得なかったのだが今回は希望通り乗ることが出来た。

今更「ふるさと列車」なんて古くさい催しと思われるかも知れないが、最近のわがふるさと「茂木」も言う所の過疎化の波が押しよせて、人口減が顕著である。

行政上から見れば将来像に翳りが生じ、町の活性化に支障を生ずる懸念が充分に感じられるのである。

町政を担当する町長をはじめ、町当局に於てもこの対策には全智、全脳を注いで日夜対策に取り組んでいる。曰く「如何にして町興し」に処するかと、対策は多方面に亘る諸般の施策を着々実施しているが、その目玉の一つとしての「ふるさと列車」なる構想と実施も、ユニークなアイデアと推奨するに価する事業である。

加えて全国に散在する国鉄の赤字路線廃止の目標の最短距離にある「真岡線」存続運動

の一翼を担っての一石二鳥のねらいともなるのではないだろうか？

ともあれ当日は秋にしては好天でなく、朝から曇り勝ちで天気予報を気にしながら出発地点の上野駅に所定の時間より四〇分も前に到着した。

上野駅正面ホールに横断幕が張られ「ふるさと列車茂木号」と一目で判る大看板にびっくりした。

改札口前で役場の職員の方に会い指示を受けて乗車ホーム一一番に着く。すでにホームには本日の主役の茂木号が待機していた。役場職員の方々は大量の配付物の整理と、続々とホームに集まる本日の乗車客の案内に忙殺されている。

各人の乗車区分は前もって通知により承知しているのであるが子供連れが多いので仲々大変である。

出発前各人に、わざわざ茂木から持参した名物「源太饅頭」「ジュース」「干し椎茸」「茂木まつりパンフレット」等に加えて「ふるさと列車乗客名簿」が配られた。

名簿中にはなつかしい旧友の名を多数見つけ改めて「ふるさと列車」の実感が湧いて来た。

出発前から座席の各位置に於て懐旧談がはじまり、にぎやかである。

こうなると茂木弁まるだし、しかも名前より幼い頃の呼び名や、家号などが交って出て、いやが上にも、「ふるさと列車」のふんいきである。

午前一〇時の発車までに車内の交歓風景は、ふるさとを同じくする者だけに話題に事欠かない。中には戦時中疎開した「茂木」が忘れられず去年に引きつづき今年も参加した人もいて、生涯「茂木」を第二のふるさと、と決めている感心する心がけに敬意を表した。

想えば上野駅から茂木駅まで通しで帰郷したのは今から三九年前、昭和二一年二月であった。終戦後半年目、ニューギニア戦線から復員、浦賀港に上陸、久里浜駅から乗車して焼土の東京に着き、仲間と上野駅にたどりついたのであった。

当時上野の山から眺めた風景は全くの焼野原で、なつかしい浅草など、わずかに松屋の焼ビルが見え、観音様はすっかり焼きつくされていた。ただ隅田川だけが妙に光っていたことだけが今でも眼の前にちらつく程である。

ふとこんな想い出が脳裡をかすめる……其の後幾多の変転を経て東京に居を構え今日まで「ふるさと」との往復が繰り返されたのであったがついぞ直通コースを乗ることがなく過ぎてしまったのである。

列車は定刻一〇時上野駅を発車、一路茂木に向う、車輌は最近見たことのない団体専用の転用らしく座席は幾分ゆったりしていて四人がけである。

都心を抜け、荒川を渡り、埼玉を走り、やがて「間々田」から「小山」を経由せず「下館」のコースらしく見なれぬ沿線を走り抜ける。

この頃から曇り空が今にも雨を呼ぶような天候となり心配である。沿線の小学校では各地で秋の運動会が進行中である。そうだ今日は日曜日であったとひとり合点する。

「下館駅」で現在運転中の真岡線のディーゼル車に乗換えするとは知らなかった。

正確には直通ではなく、「下館駅」乗換え「茂木駅」着である。

なつかしい真岡線ではあるが「折本」「久下田」と進行する沿線の風景が昔とは相当変った個所が散見され真岡に近づくにつれ益々大変化していた。歴史の変転は必然であることを知り昔学生時代帰郷の沿線には秋になると土手に燃ゆるように曼珠沙華が咲きほこったのであるが今回の沿線には不幸にして見ることはなく残念であった。

「下館駅」で茂木の銘酒「茂木百騎」の配給があり弁当」が配られて「ふるさと」への旅情をそゝられる。

心配した雨が「真岡」あたりからぽつりぽつりはじまった。

穫りの秋にふさわしく黄金の波でこの田園風景は秋が一番絶景ではあるまいか。

「茂木」まで途中いくつかの無人駅があることも知った。「益子」を過ぎ「七井」から「茂木」の山合いの畑には今を盛りと蕎麦の花が小雨の中に散見されて母の懐に抱かれるような、なつかしい気分になり少年時代への追想が湧いて出た。

やがて吸いこまれるように「天矢場」あたりから下りとなって電車は、すり鉢の底目がけて突き進み大雨の「茂木駅」に午後一時三〇分到着した。

折悪しくはげしい雨の中をホームに降り、一行五〇〇名を迎える歓迎陣も、茂木町長を侍大将とする「茂木百騎武者行列」の一団も雨に苦戦を強いられ、繰り出した名物「山車」も大変なご苦労ぶりである。

吾々「ふるさと列車」一行を迎える行事は駅前広場で開始され侍大将の歓迎の辞につゞき副大将格の町議会議長より茂木百騎口上なる一書を授与された。

茂木百騎口上

一、茂木藩に足を入れたる者は必ず心身共に満ち足りて永住を望む者多し、民すべてこれをこばまず

一、茂木藩でとれたるもの、つくられたるもの形さまさまなれど、味は天下にまたとなし、他の国より調達するはまことに無念なり

一、当地より広く武者修業に出て、武巧学問をなしえた者はすみやかに御意見を申し伝うべし

茂木藩の栄枯盛衰は人材に在り

昭和六〇年九月二二日　　ふるさと茂木会員殿　　　茂木藩主

一同を代表して帰郷感と今日の接待に対し感謝の挨拶を小生が述べ、終って小銃隊により祝砲が発射され「山車」のおはやしがはじまり町を挙げての祭が再び始動される中で、ふるさと列車の一行は自由解散となったのである。

この茂木百騎口上の内容は時代を越えて現代に通用する。

今回の企画、実行も町当局の熱烈な「町興し」精神の発露であり、今後よりよいアイデアを追加しつゝ、年中行事化して「茂木百騎口上」の具現に邁進し、わがふるさと茂木向上に吾々も相俱に微力をつくす覚悟が必要であることを痛感した。

晴れて良し、雨でも良し、ふるさとの山はありがたきかなである。

来年はみんなでふるさと列車に乗り込もう。

ひとこと

ふるさと列車が茂木駅に着くと　茂木中学校のブラスバンドが熱烈に歓迎演奏を展開していて気持ちが良い・・・・

だがこのブラスバンドの音（ね）に足を止めて聴き入る人は極めて少ない。

あだかも通勤列車を降りた乗客のごとく吾先にと改札口に向ふのである。

だが　まてよ　今日は急ぐ旅でもない　折角の熱演を最後まで聴く位の余裕は充分に持ち合はせているはずです。

ことし、こそふるさとの駅で急ぐことなく中学生のブラスバンドを最後まで聴こうではありませんか。

ブラスバンドに一杯のジュースを贈ろう

ふるさと列車開始以来茂木中学校のブラスバンドは絶ゆることなく吾々一行のためになつかしいメロデーを奏で、迎えてくれます。真剣な姿に感謝せざるを得ません、今日吾々が無事ふるさとの地に足を印（しる）すことが出来た仕合せと報恩のしるしに一杯のジュース代として浄財のひとにぎりの供出をお願へしてブラスバンドのメンバーに贈り、ふるさと列車乗車の記念行事のひとこまと致したへと思ひますので御協力の程おねがへいたします。

七月二四日

平成五年度ふるさと列車乗車代表　ふるさと茂木会長　篠田　増雄

同窓会入会式式時歓迎の挨拶

三年前の入学時のスタイルと今日のスタイルを眺めると天と地、月とスッポン程の差違を感じます。

毎年の行事として同窓会は諸君等の入会を報告して居り茲に本日三三七名の入会が成立したのであります。

こんご生涯を通じて茂高同窓生として御交際を願ふ事です。先輩、後輩、の別はありますがよろしくお願ひします。

一）進路の選択

将来自分は何を目指すか、仲々むづかしい問題であります。

自分の育った環境　父祖伝来の職業、流行産業、自らの撰択

人生はあわてずに、じっくり、と。

儒教精神ここに在り

人生において異常体験などできれば無いに越したことはない。それが幸いという事である。しかし永い人生途上に於いては、望まずして本人の意思に反して容赦なく降りかかって来ることもある。　私も弱冠二〇歳代に戦争に投入され、異郷に於いて予想もしなかった捕虜の身となり、我が身の行方がどうなるかと悪夢のような環境下に自由を失い、失意の生活を体験した。しかし、日本人としての自覚と理想は、他人の計らいには関係なく、堂々と遂行した。　私は余人と歩いたコースが多少違っている。昭和中期陸軍予備士官学校に入校した。士官学校とは武士（さむらい）の養成が主であり、帝国陸軍最強の武士である。学校に於いて武士としての精神教育、強健なる身体の鍛錬に精励し、その結果が「儒教精神に徹し、礼儀・信義を重んじた生活の指標として平成の代まで生き長らえたのである」。今般会報の原稿として、自らの認知症を自覚したので、旧稿を偲び、旧懐の情捨て難く、再録を望み、「斯く有りき」を訴えた次第である。私のイデオロギーは、昔気質（むかしかたぎ）と言われようが、永久不変である。

「天佑」――あとがきにかえて

私は拾数年来、神宮館の福宝暦を愛用している。宗教的な意味ではないが時々興味ある項を読むのである。二〇一四年版停滞運の九五歳の動静についての記事は、「九五歳」大正八年己未（つちのえひつじ）悠々自適を心掛け生活リズムを大切にすること。安全に過ごすことの積み重ねで健康が保てます」と、結ぶ。

呪文のようだが、自然科学の主流の中に生きた老には「ピン」とこない、そして私を囲む周囲を眺むると大方の友人や妻や両親や、兄弟の幾人かは幽明境を異にして居る。現在は過去を語る相手が少なく、私自身早く浄土に旅立ちたい心境である。

私のように現役で業務に服することが出来る存在は最近では決して珍しい存在ではない。かつて人生五〇年を謳歌した時代を経て二一世紀の世代において人口動態に大きな変化を生じ高齢、少子化が当たり前の世となって来た。然し私は己の軌跡を反芻するとき現在の存在にいささかささやかなる疑問を生じて来た。

今を去る六九年前、第二次世界大戦時に於いて祖国日本は、開国以来の敗戦を余儀なくされ、神国日本は敗戦国の汚名の下、米国主導の国連軍に従属、焼土の中から日本民族の真価を発揮して経済的に復興を果たし、世界一の雄となり、今日の隆盛を招来した苦しい体験は忘れてはならない。

ちょうど私の生年と前後して当時の防衛担当者であった青年層は昭和の防人(さきもり)でもあった。戦争適齢期と言うも過言ではあるまい。すべての若者の大部分は身障者を除き国防の第一線に投入され所謂国の防人（さきもり）であった。従って消耗率も甚大で現在「大正五年～一〇年」生まれの生存率は極めて少なく貴重な存在である。

斯く言う私も大正八年生まれであり人並みに昭和の防人に加わり、なんと赤道を越えた戦歴を有する一人である。が故に防人として実際に体験し実行した事実を、真実を、記憶の鮮明な現今文字に記録し後世に伝え、斯く在りきを残し後代に被益する所があればと念じ、老へのささやきと失笑されようが意に介することなく素人流に徹し、ありのままの足跡を記すことと決め、今回畏友東郷秀光氏の勧誘もあったので老齢を省りみもせず決心した次第である。

私は前回「永生きは正義なり」という自伝風エッセイを発刊して知己、知友に配布し、その後時間の経過と共に、二一世紀に突入し、然かも私の年齢も卒寿（九〇歳）をオーバーした。

この「延命」の下、予想以上の生命力の偉大さに感銘を深くし、更なる欲望が燃焼し始めたのである。それは語り忘れた生涯に於ける内包した吾のみが知る、私の営みの脳にひそかに蓄積した、忘却の彼方に捨てるのはもったいないことがらである。

よし、恥を忍んでもという気持ちで今回の企画である。明日の身も判らない現在、後期高齢者と云うレッテルを貼られ、幸い認知症の洗礼も受けず、ホーム生活もすること無く、無病息災にして現役の生活が出来る余裕を活かして、「年寄りの冷水」と冷笑されて、「自著」の完成を目指して決心したのである。私が残念なのは今だ「曾孫（ひまご）が無い」のである。世の中は予想通りに行くものではないのを実感した。

現在私は一族中最高齢者である。私の祖父も九五歳で逝去した。父が七五歳、母が八五歳で他界した。

昭和一二年、上京し東京の生活を始め戦争中四年間を除き再び東京の生活を始めてから約六〇年を経過した。現在地に橋頭堡を築くまで、昔の「侍」らしく他流試合よろしく（「道場破り」ではないが）放浪したこともある。

昭和二五年、焼土の本所の地に於いて歯科医院を開業した。当時占領下の日本であり、特に朝鮮戦争中で近くの同愛病院はアメリカ軍の兵站病院であって吾が家の近くには病院関係者の宿舎が多く、大方のアメリカ兵は日本人の婦人と同居が多く、その行動も目を見はることばかり、幼い子供達には教育上最も危険な土地柄であった。マッカーサーが厚木に着陸してから一〇月一〇日（受胎から出産まで）正確に日本の女とアメリカ兵の混血児（碧い眼）が街の小さいアパートに誕生して、街の風呂屋に他地区から見に来る程であった。

女の方も衣食住が安定し、相手がアメリカ兵なので将来のことなど考える余地もなかったのだろう。大磯にエリザベス・サンダースホームと言う混血児収容施設が出来るまで、吾が町にはいたるところ碧い眼の子供が当たり前に生活していた。今から考えると戦争の残した爪痕が如何に無残であるかが判るひとときであった。

東京オリンピックが昭和三九年東京で開催され、私もお蔭で盛業中で書生を置いていたのでオリンピックの前売券を入手する為に、朝五時に書生に握り飯を持たして入場券入手には苦労した。幸い開会式と閉会式の入場券を入手出来、私よりも父に呈上したのであったが、東京オリンピック開会を待たず父は九月二五日急死した。あれ程オリンピックを期待した父だけに残念であった。

さて父の逝去によりオリンピック入場券をどうするか、茨城で眼科医の叔父に父の代わりにすすめたら喜んで入場するとのことで叔父に呈上した。私は閉会式に北海道の同期生と入場した。記憶に残る出来事であった。


私が地区の歯科医師会の会長に就任することとなり、種々に学閥間のかけ引きがあり大変な苦労をしたが、軍隊で体験した指揮官としての知識を活用して効果充分であった。

東京にアメリカを発祥の地とした社会奉仕団体ライオンズクラブが誕生して、両国ライオンズクラブの会員となり約二年間くらいたってから会長、地区役員、最後は「ゾーンチェアマン」まで奉仕した。

この間、フィリピンにおけるライオンズ世界大会に「ゾーン」代表として出席、東京に於ける世界大会には大会役員として旬余に亘り奉仕した。

ライオンズ会員として二五年奉仕し、一身上の都合で退会したら、翌日から他人行儀。クラブの絆なんて吾々日本人に想像もつかないアメリカ流の会合だ。はやく見限りをつけてよかったとほっとした。

出身高校の同窓会は会員数二万人近い集団で、地区として最高の「権威」ある団体であった。歴代会長は町長、校長等で維持されたが私の所に是非母校の同窓会長就任をと要請があった。

熟慮の上就任を受諾した。以後二八年三ヵ月就任した。その間会長として入学式、卒業式、同窓会入会式等に参列、会長として挨拶、式辞等を行った。現在は同窓会の顧問である。

生地の栃木県茂木町は昔は葉煙草の生産地であったが、現在は地方の過疎地であり主たる産業のない地方である。

戦後二人目の町長に就任した笹島保氏は私より年下で、二宮尊徳の崇拝者であった。陸軍士官学校六一期生で在学中終戦を迎えた人である。私とは軍歴の関係で知見を得て交流を深くした仲で、笹島氏の発案で在京茂木町出身者を結集した「ふるさと茂木会」を結成し、ふるさとと在京者との交流を目指して「ふるさと茂木会」が発足し、私が初代会長として就任し、毎年東京から茂木へバスによる訪問一泊旅行を実施し、約二二年間会長をつとめた。笹島さんは自宅に於いて急死、次の町長時に「ふるさと茂木会」は解散した。

この辺で方向を変えて俳暦の一端をのべてみる。上京して歯科の学校に入り、校内に富士見句会があり早速入会した。この構成は教授や教室の研究生、図書館の主事や学校に関係する人々で構成され、月に一回神楽坂の「春月」というそば屋二階が会場であった。坂上の毘沙門様の並びの左側角であった。ホトギス系の著名俳人が師匠としてただ一人指導した。その頃先輩の西東三鬼などという存在は耳にしたことが無かった。唯北園克衛氏は当時図書館に勤務していたので、句会にも出席して時局を見ながら精進した仲である。

太平洋戦争に従軍中は俳句とも一切関係なく経過。復員後東京に定着し地元の俳句会「墨堤せせらぎ句会」に於いて句作をし、次いで東京都歯科医師会俳句会（紫陽俳句会）を結成。私が部長となり約二五年間月刊の会報に作品の発表や吟行等を盛んに実施し、会員も常に五〇名以内を数え極めて旺盛な会であった。

俳界の一方の雄となった西東三鬼も同業の誼を以って、再三指導をして呉れ、「紫曜句会」は極めて貴重な存在であった。今から一〇年前、会員の老齢化と後継者難の為、維持が困難となり、自然消滅のやむなきに至ったことは誠に残念であり、会長として後継者を養成する責任が果たせず申し訳ないと思っている。会員の大方は句集を世に問う程で、句歴に於いても宗匠クラスの人々であった。

私は健康にめぐまれたが、戦後マラリアを発症。開業と同時に東大柿沼内科（当時）に入院。すべてマラリアが原因であった。約一ヶ月の入院生活で全治退院。折角開業の歯科医院の方も休診を余儀なくした。が回復と同時に頑張り出し人並みの生活を可なり早く達成することが出来、それ以来ほとんど現在まで大した病気にもならず大助かりである。戦争中のマラリアや戦傷は著書に記したように、何人も防ぎ得ない出来事である。

まあ九五年の生きざまはと問われると、折角いくさで永らえた生命だ、簡単に消滅するには惜しみて余りあるところであると冗談に言う。自分の生命を守ることは即、低栄養にならないことに尽きる。ぜいたくのようだが、常に自分の欲しい食物は無理をしても入手し消化、それも常に腹八分目を目標としている。決して余分の物は口にしない主義である。

私が一番警戒した信念はメタボ排撃であり、現在も対メタボに徹している。若い時代には夜になると夜遊びをしないと眠れない時代があったが、三〇年前から夜遊びを止めた。妻を失ってから二〇年、夜遊びを止めてから三〇年、最近の体調の良さは吾れながら感心する程好調である。

快食、快眠、快通を期して実行している。大体古希を超えてから確実に之の維持の為に少なからず努力をしている。生活のリズムの維持は中々大変であるが、要は自分の為と思えば苦にはならない。

一時万歩計などを腰にウオーキング運動が盛大だったが、最近は余り耳にしなくなった。自分の命を守るのに他人のまねをする必要はないのである。自分の体力と耐久に適した動きが一番重要である。人それぞれに違った素質を何も右習えする必要はない。SPそして自分の計画した体力維持の鍛錬は飽きることなく実行することである。歩数などにこだわると返って良くない結果を招来するから要注意である。要は自分を信じ吾が道を往きつくすのである。

リズムに乗るという言葉がある。首題に述べた三つのこの原則を守ることがこの解決のポイントであり、この原則を自分なりに活用して天命を永らえれば至福の生活が展開するはずだ。要は信念の下永続いたしましょう。

私は小学三年生の時から自転車に乗り八五歳の頃まで愛用してきた。都市生活に於いても例えば浅草観音様や待乳山聖天様の朝詣りは必ず自転車で往復したものである。この長い年月大した事故もなく経過できたのも、子供の時に習得した自転車操縦のお蔭でありましょう。加齢とともに家人から自転車は危険だから中止を勧告され、現在はきっぱり中止したが、晴天の春風下などもう一度自転車に乗りたいものだと想う。特に青年時代に於ける自転車に依る通学は脚腰を充分に強化し、軍隊生活に於いても人後に落ちない強固な脚力を発揮した。

若い時の鍛錬は全く現在の健康保持の大いなる礎石であった。特に道路事情を勘案する時、戦前にアスファルト路など皆無の時代であり、超悪路の上を走りながらの生活は今となっては夢の国の出来事に感じる。(当時の大都市以外の道路は砂利道が普通でした。歩道、車道の区別などありませんでした)

大正八年生まれ、所謂大正デモクラシーの人間で、大正、昭和、平成の三代を生きているのである。明治生まれの父母の下に生まれ、明治の息吹を充分に吸収して生育した。小学校入学まで電灯が無く、三年生の時、村に電気が入り、生活に一大変化が現れたのである。当時の石油ランプの生活を何の考慮も無く当たり前に生き、文明の恩恵に浴したあの感激は一入であった。ランプの生活ではガラス製のランプのほや磨きは子供の「もちきり」であって、毎日学校から帰ると数個のライプのほやを透明になるまで磨くのである。時々遊び過ぎて夜になって、点灯しても曇ったままのランプでは支障が出来、家族の特に母親から大目玉を食うのであって少年の時代の修業も小僧然の苦労をした。
はじめて電気の洗礼を受け自分の所に点灯し、隣の家とはどの位の時間差があるのかと走って行き、点灯に差が無いことを確認した。山家暮らしの少年をして、人には言えない秘話である。

当時の小学校には奉安殿と称する出雲大社の神殿のような、又は銀行の大金庫のような建物が鎮座して，毎日最敬礼をすることが義務であった。なんで学校にこんな建物があるのか入学以来説明などなかった。うわさでは天皇皇后の御真影を収容してあるとのこと、昔の四大節のときには必ず校長先生と教頭先生が、礼服姿で奉安殿から式場の講堂まで礼々しくさも神官の如き態度で運び、高所に安置し教育勅語を朗読するのが慣例であった。もちろん来賓を始め全校生全員を前に、校長が壇上から本日の儀式を解るように講話して語るのであった。

当時の国の四大節とは紀元節、天長節、明治節，四方拝で、地方の学校程立派な建物を誇示したように建っていた。学校に神様を祀ることは如何なる理由かは知る由もないが、国の政策とは言い全国民一致した要望でもあるまい。

私の小学校の奉安殿は、社殿作りではなくコンクリート作りの金庫形の建物で、築後数年して漏水の為御真影に「しみ」が出来たのが発見され、村長が辞職する事件が発生した。天皇陛下のどの部分が「しみ」になったか解らない、当時としては大変なニュースであった。

最も作家の久米正雄氏の父親は、所在の小学校の火事の際、奉安殿も焼失した責任を取り自殺したとの話もあり、全く現在では想像も出来ないことである。（久米氏の父親は学校長とのこと）

こんな事件を耳にして時代は進み、やがて満州事変、支那事変と日本は戦争に突入し、最後は第二次世界大戦（太平洋戦争）となり昭和二〇年八月一五日、日本は敗戦国となり焼土と化したのであった。

私も日本国民の一人として従軍し、はるか赤道を越えた戦場に於いて捕虜となり、余人には計り知られぬ苦心の末、昭和二一年二月日本に復員した。

今回のエッセイの主要部分はこの間の生きざまを記憶のある限り表現したつもりであります。そして地球上に於ける生物の闘争のいかに末はむなしいかを後世に伝え、今後再び繰り返すことのない社会の実現を希んで止みません。よろしく私の意のある所を了解してお読みいただければ幸甚この上もございません。

このつたない計画も常に私を激励し、厚情を惜しみなく恵贈して呉れた東郷秀光君の存在が大きな原動力でございます。ほんとうに深謝の限りです。昨今の厳しい事情のなか出版をお引き受けいただいた本の泉社と編集の杵鞭真一様に心よりお礼申し上げます。又カット提供の長谷川裕子さんと長女長谷川彩子（あやこ）さん、娘夫婦、孫達のヘルプ精神に対し、厚く申し述べて老の「エッセイ」を結ぶ次第です。

篠田　増雄（しのだ　ますお）

大正八年（一九一九）三月　栃木県茂木町深沢生まれ
昭和一六年（一九四一）一二月　日本歯科医専（現日歯大）卒（学徒動員第一号）
昭和一七年（一九四二）一〇月　前橋陸軍予備士官学校卒
昭和二一年（一九四六）二月　浦賀港復員（パプアニューギニアより病院船氷川丸にて）
昭和二四年（一九四九）三月　現在地に開業
昭和三五年（一九六〇）一〇月　医学博士
昭和三九年（一九六四）九月　父逝去（七五歳）
昭和四六年（一九七一）三月　両国ライオンズクラブ会長
昭和四六年（一九七一）四月　本所歯科医師会長就任
昭和五一年（一九七五）二月　栃木県茂木高等学校同窓会長就任（二八年在職）
昭和五四年（一九七九）四月　母逝去（八五歳）
平成六年（一九九四）三月　妻逝去（七二歳）
平成一八年（二〇〇六）六月　句集「徳不孤」発行
平成二二年（二〇一〇）三月　随筆集「永生きは正義なり」発行

現住所　東京都墨田区本所三－二－七

わが青春《せいしゅん》 戦場《せんじょう》と日常《にちじょう》と

二〇一四年一一月七日 第一発行

著 者 篠田 増雄

発行者 比留川 洋

発行所 本の泉社

〒113-0033
東京都文京区本郷二-二五-六
Tel 03(5800)8494
FAX 03(5800)5353
http://www.honnoizumi.co.jp/

DTPデザイン：杵鞭真一

印刷 (株) 音羽印刷

製本 (株) 村上製本

ISBN978-4-7807-1192-9 C0095 Printed in Japan

海外未送還遺骨情報収集事業
東部ニューギニア地域州別実績分布図
（平成 18 年度～平成 24 年度政府遺骨帰還団収容柱数）
152°
154°
ニューアイルランド島
ニッツ
ナマタマイ
アンビドル島
アニール
マーク諸島
ラバウル
シンプソン湾
ガゼレ半島
セントジョージ海峡
ロッセル
オープン湾
ウイリアムズ半島
ワイド湾
クィーン
ニューブリテン島
ブリエ河
マーカ
ガスマタ（スルミ）
コベ州
数：11 回
数：575 柱
オロ州
実施回数：4 回
収容柱数：118 柱
州名
情報収集実施回数
政府遺骨収容柱数
(km)
100
50
0
ミルン湾州
実施回数：1 回
収容柱数：0 柱
ブナ
トマイ
グッドイナフ島
ウエドチーク
3422
山脈
バエアラ
ラビ